# 唯一的玫瑰

妙莉葉・芭貝里 著
周桂音 譯

Muriel Barbery

Une rose seule

獻給騎士，永永遠遠
獻給我已逝的故人們

# 目錄

# 地獄屋脊上

# 一

據說，中國北宋時期，一名貴族每年都會命人種植一片植滿千朵芍藥的花田，初夏時分，朵朵花冠在微風中起伏搖擺。整整六天，他坐在自己平素賞月飲茶的木造樓閣地板上，看著這些宛如自己女兒的花朵。黎明時分、夕暮時刻，他漫步於花田之間。

第七天清晨，他下令屠花。

僕人們將被斬下的美麗花兒橫放於地上，花莖斷裂、花冠朝東，直到花田中僅剩唯一一朵芍藥，花瓣暴露於夏日季風帶來的第一場雨中。於是，接下來這五天，他便在這株芍藥前喝著色澤黯淡的醇酒。他的人生全都凝聚在這十二次日出日落之中；一整年裡，他心裡只想著這些花；而當群花終於成為過往，他但願死去。然而，當他選擇最後一株存活之花，當他坐擁與這朵花靜默相對的時刻，在這些時刻裡，如此多的生命含融在唯一一朵生命之中，因此在哀悼花季的其他月分裡，他並不認為這些花有所犧牲。

他凝望這朵倖存之花時，心中作何感受？一股悲傷，化為光彩閃耀的寶石，當中摻雜著屬於幸福的閃亮光芒，那幸福是如此純粹、如此強烈，使他的心因而忘乎所以。

# 千朵芍藥花田

玫瑰醒來時四下環顧，不清楚自己身在何處，眼前是一朵鮮紅的芍藥，沉鬱地皺著花瓣。她心中掠過一抹思緒，帶著一抹悔恨的氣息，抑或已逝幸福的氣息。通常，像這樣的內心起伏會在擾亂她的心之後，如夢一般消逝無蹤，但有些時候，時間會變換形貌，賜予心靈一種嶄新的澄澈透明。這天清晨，玫瑰面對這朵在雅緻花瓶中展露金色花蕊的芍藥時，體驗的便是這份澄澈的通透感。好一段時間，她覺得自己似乎能夠無止境地待在這間沒有家具的房間裡，就這樣凝視著這朵花，前所未有地感受自己**存在**。她端詳著榻榻米、紙糊的拉門、敞開的窗，看著窗外沐浴於陽光中的樹枝，以及皺著花瓣的芍藥；最後，她像觀察一名昨日才剛認識的陌生人一樣，審視自己。

昨夜的回憶排山倒海湧來——機場、漫長的夜路、抵達此處、燈籠照耀的庭園、身著和服的日本女子跪坐在架高的地板上。她穿過一扇拉門進屋，門口左側幾枝夏日盛開的玉蘭花，從暗色的花瓶裡冒了出來，受到陣陣驟雨之中的光線照耀。光彷彿閃爍的雨水般，灑落在花朵上。牆上的影子熠熠生輝，周遭則是一道奇異的、顫動著的闃黑。黑暗中，玫瑰看見沙牆，看見石板鋪成的小徑一路延伸到地板架高的室內空間，看見隱蔽的幽靈們。陷於陰翳中的生命，充滿嘆息。

那名日本女子將玫瑰帶至她的房間。毗連房間的室內瀰漫著洗澡水的蒸氣，自一個光滑的木造浴池中裊裊上升。玫瑰泡入滾燙的熱水中，因這潮溼靜謐宛如地下聖堂的場所竟如此空無一物而感到訝異，木造裝潢與純粹的線條，使她凝神良久。沐浴完畢後，她穿上一件輕便的棉質和服，有如進入一座聖殿。鑽進被窩時，她同樣感受到一股無以名狀的虔誠感。接下來，一切全消逝無蹤。

有人低調地輕輕敲門，門發出吱吱聲滑了開來。前一夜的女子踩著俐落的小碎步，將一個托盤擱在窗前。她說了幾句話，輕柔地滑著腳步後退，跪坐，鞠躬，再度將門闔上。在她離去的那一刻，玫瑰看著她低垂的眼瞼微微顫動，震驚於她身上的和服之美。褐色的和服，繫著一條繡有粉色牡丹的腰帶。記憶中她那斷句俐落的清脆嗓音，銅鑼般的聲調迴盪於房間。

玫瑰細細觀察這些陌生的菜餚、茶壺，還有那碗白飯；她每做一個動作，都覺得自己彷彿褻瀆了什麼。毫無贅飾的窗框中是並排的玻璃窗和紙糊格子窗，窗外可見一株楓樹的枝葉，輪廓分明，微微顫動著。楓樹後方則是較為遼闊的全景：河岸邊長滿野草，鵝卵石河床兩側是鋪著沙子的散步道，種了許多楓樹，亦有櫻樹摻雜其中。淺灘中央，一隻蒼鷺佇立於悠緩波浪之中。晴空雲朵流動於這片風景上空。活水的力道震撼了她。我在哪裡？她如此自問。儘管她知道這兒是京都，這個答案卻迴避著她，恍如一道暗影。

敲門聲再度響起。「是？」她回答，門開了。牡丹腰帶再次出現；這次，跪坐著的日本女子指著浴室的門，用簡單的英語對她說：「玫瑰小姐準備好了嗎？」玫瑰點點頭。我在這裡做什麼？她自問，儘管她非常清楚自己是來這裡聽取父親的遺囑，這答案卻再度避開了她。在有如禮拜堂般寬敞空蕩的浴室中，鏡子旁是一朵芍藥，白色花瓣彷彿瞬間沾染上一抹風乾似漆的胭脂墨水。清晨的光線透過竹編格子窗傾瀉而入，在牆上投射出螢火蟲似的光點，剎那間，她被宛如彩繪玻璃的閃光淹沒，幾乎以為自己身在大教堂之中。她穿上衣服，來到走廊，向右走，卻碰上一道緊閉的門扉，只好掉頭，經過由紙糊拉門構成的曲折走廊。拐了一個彎之後，牆板變成深色木牆，當中嵌著幾道拉門，接著再拐一個彎之後，她來到一間大廳，大廳的正中央種了一棵楓樹。楓樹的樹根深入綠苔之中，宛若絲絨的苔蘚充滿褶紋；輕撫樹身的一株蕨類植物旁，矗立著一座石燈籠；楓樹旁環繞著看得見天空的大片落地窗。透過將世界切割成碎片的室內窗玻璃，玫瑰看見木質地板、低矮的座椅、漆器桌子，右方則是一個陶製大花瓶，瓶中插著陌生枝椏，葉片如精靈般輕盈微顫；但那株楓樹卻像一道裂縫似的，打破了空間，淹沒了她的感知。玫瑰深受這棵楓樹吸引，並為之屏息，它彷彿能將她的身軀化作一株枝葉輕聲囁語的灌木。過了半晌，她掙脫這股魅惑，走到室內庭園的另一側，拉開一片在木軌道上無聲滑行的隔板，眼前是面向河流的大片窗戶。沿著植滿櫻樹的河岸川流不息的，是晨跑的人們，時間與空間的液態跳動。玫瑰真希望能加入他們那既無過去亦無未來、既無牽掛亦無過往的奔馳之中；她真希望自己只是個飄移不定的點，寄身於季節之流，寄身於那綿延穿越不同城市直至海洋的山巒之中。她望向更遠處。她父親的房子建在地勢較高之處，透過樹木枝椏可見屋子下方一條鋪沙的散步道。河的另一邊亦是同樣的步道，同樣的櫻樹與楓樹，更遠處則是河流上方的街道，以及其他房舍——城市。最遠處則是地平線上的起伏山巒。

回到宛如楓之聖殿的大廳時，那名日本女子正等著玫瑰。

「我的名字，佐世子。」她用簡單的英語說。

玫瑰頷首。
「玫瑰小姐出去走走？」佐世子問。
接著她有些臉紅地用口音古怪的法語說：
「散步？」
又是那迴盪著破碎回音的句尾，如貝殼般閃爍著珍珠光澤的眼瞼。
玫瑰猶豫著。
「外面，司機，」佐世子用英語說，「在等。」
「噢，」玫瑰用英語回道，「好吧。」
她慌亂起來，而佐世子背後的楓樹再度召喚著她，既奇異又蠱惑人心。
「我忘了東西。」玫瑰這樣說完，逃開了。
回到浴室，她面對那株白色芍藥，面對著它那染上一絲血色的雪白花瓣。她輕聲呢喃它的名字：Hyoten。她佇立一會，然後拿起草帽，離開那間屬於水與靜默的聖殿，走至玄關。玉蘭花像蝴蝶似的在陽光中彎曲伸展——這是怎麼辦到的？她如此自問，有些惱怒。屋前是昨天的司機，他身著黑色制服，頭戴白色鴨舌帽，在玫瑰現身時向她鞠躬。他畢恭畢敬地為她執住車門，關門時動作非常輕柔。她透過後視鏡觀察那雙有如兩道縫隙的眼睛，黑墨似的細長線條上下拍動，看不見後方隱藏的虹膜，奇怪的是，她很喜歡這道恍如深淵的目光。沒多久，他對她露出孩子氣的微笑，那微笑點亮了他蠟白的臉龐。

他們駛過一座橋，來到河的對岸，朝著山丘行駛。她看見的城市毫無秩序，充斥水泥、電線與霓虹招牌；四下間或出現寺院建築，迷失在這一大片醜陋當中。駛近丘陵，四周成為住宅區，最後他們沿著一條兩岸種滿櫻樹的河道前進。下車處的上方是一條街道，兩側小鋪林立，遊客漫步其中。他們在路的上坡穿越一道木製大門。司機用英語說：「銀閣寺。」她訝異於他那彷彿消散隱匿的存在感，他彷彿毫不在意自己，只力求為她服務，只為了使她滿足而存在。她對他微笑，他輕輕點頭。

木造建築、灰色屋瓦，屬於往昔的世界。迎面看見的是奇異而高大的松樹，矗立在綠苔遍生的屋瓦上方；石板步道蜿蜒於一道道灰沙之間；耙理出一道道平行線條的沙地，迎向幾株杜鵑。他們穿過通往偌大庭園的門。右側的池畔坐落著古老的銀閣，優雅的屋頂曲線飛揚聳立，玫瑰心中有股不安的感受，覺得銀閣寺彷彿在呼吸，覺得某種有機的生命棲身於這些歲月悠長的長廊與窗門之間，藏身於在水面投射出乳白長影的白色紙窗之中。對面矗立著一座頂端削平的高聳沙丘，左側延伸出去的是一片遼闊的沙地，構成這片沙地的是與沙丘相同的沙，沙地劃著一道又一道平行的犁溝，邊緣處則是波浪狀的曲線。綜覽全貌，首先映入眼簾的是這一片礦物波浪，接著是擬仿平頂山巒的沙丘，以及屋頂如翼飛揚的銀閣；稍遠處的水潭閃著銀波，松樹修剪成鳥兒飛躍之姿，接著又是幾株杜鵑；岸邊處處鑲嵌著百年古石，石畔環繞著短巧透亮的苔蘚。盡頭處可見庭園往高處延伸至一片觀景台，那兒聚集了大批參觀者。此處與彼端之間是一道斜坡，布滿層層疊疊的楓樹，葉緣呈鋸齒狀的楓葉片片飄落。

這美、這礦物性、這些樹木，都讓玫瑰感到不舒服；一切對她來說都太過鈍重、太過強烈；內心交織著厭煩與驚駭，她告訴自己：這情景我不能再經歷一次。但接著她隨即心想：這地方存在著某種事物。她的心開始噗通狂跳，她環顧四周，想找地方坐下。**像置身童年的國度**。她倚靠著大殿的木造長廊，視線牢牢盯著一株杜鵑，淡紫色花瓣浸染的既是驚駭之情，亦是歡騰雀躍，二者融合為一種簇新的情感，她覺得自己置身於一座冰寒純粹的水之聖殿。

他們沿著參觀步道前行，在木造小橋上稍事停留，這座橋跨過灰色流水，通往楓木與庭園高處。水潭周圍環繞著姿態奇特的高大松樹。玫瑰抬眼，看見空中恍若閃電的分叉松針；這些深色的樹幹將大地的力量注入這些綠色閃電之中；她覺得自己被吸入苔蘚與雲朵的流動之中。司機以整齊審慎的步伐行走著，不時轉過身來，毫不急躁地耐心等候，待她示意之後才繼續前進。他那平靜的腳步使玫瑰安心不少，並重新賦予世界一絲現實感，否則現實早已因這庭園的力道而消失在樹林中了。步道兩側是高大的竹子，通向一道石階；她若伸出手就能觸碰到石階旁毛茸茸的綠苔，楓樹就扎根於這些苔蘚之中。一階踏過一階，枝椏重組為一幅完美的畫作，這場視覺之舞深深觸動她的心，卻也使她惱怒——然而，她震驚地發現，這份惱怒對她是有益處的。最後他們走到一座小小的觀景台上；下方是銀閣寺主殿、木造建築群、灰色屋瓦、沙雕景觀；稍遠處是京都，更遠處是其他的山巒。「我們，在東方，」司機這樣說完後，指著地平線說：「西方的山。」

她見識了這座城市的規模。毗連的山脈自東側、北側與西側以直角環抱著這座城市。這些山其實不高，但它們的輪廓卻給人一種高聳的感覺。晨光映照的山巒或藍或綠，色調一致的蓊蔚山丘一路綿延至城市。對面的翠綠小山丘後方，是醜陋的水泥城市。玫瑰將視線轉回觀景台下方的庭園，震驚於庭園的那份**精準**——如鑽石般剛硬璀璨的明證；痛苦而尖銳的純粹。那庭園以其獨有的方式喚醒了童年感受。她如同身在往昔夢境中似的，掙扎於闃黑冰冷的寒水之中，但這次是在光天化日之下，在茂盛的樹木之中，在一朵白色芍藥沾染血色的層層花瓣裡。她將雙肘撐在竹造護欄上，細細觀看一旁的山巒，在其中尋找**某種事物**。一旁同樣將雙肘撐在護欄上的女子對她微笑。

「您是法國人嗎？」她用帶著英國腔的法語問道。

玫瑰轉頭，看見一張滿是皺紋的臉、銀灰色髮絲、工法細緻的西裝外套。

她不等玫瑰回答，便逕自說下去。

「美極了，是吧？」

玫瑰點頭贊同。

「這是集結了數個世紀的盡心效忠與犧牲忘我的成果。」

說完這句話之後，英國老太太被自己的話語逗笑了。

「這麼多苦痛，就為了成就這麼一座庭園。」她以輕佻的語氣說道。

但她看著玫瑰的眼神，卻十足銳利。

「好吧，」她繼續說，而玫瑰依舊沉默不語，「或許您比較喜歡英式花園。」

她又笑了，同時漫不經心地摸著護欄。

「不，」玫瑰說，「這個地方震撼了我。」

她想說出冰水的事，但猶豫一陣之後，放棄了。

「我是昨天夜裡抵達這裡的。」最後她這樣說。

「這是您第一次來京都嗎？」

「這是我第一次來日本。」

「日本這國家的人們受了許多苦，卻絲毫不在意。」英國老太太說，「為了嘉獎他們對苦難的無動於衷，他們所得到的褒賞便是這些眾神會前來飲茶的庭園。」

玫瑰生氣了。

「我不這樣認為，」她說，「什麼都無法獎賞不幸。」

「您真的這樣認為？」英國老太太問。

「生命使人痛苦，」玫瑰說，「完全不能期待從中得到半點好處。」

英國老太太轉過頭，出神地凝視著銀閣寺。

「未能準備好承受苦難之人，」老太太說，「亦未準備好去活。」

她離開護欄旁，對玫瑰微笑。

「祝旅行愉快。」她說。

玫瑰轉身面向司機，他直直盯著英國老太太離去，直到她的身影消失在楓樹枝椏下方。司機的表情混雜著敵意與畏懼。她走下山坡。行走於通往銀閣寺前方水潭的黑色石楷時，她在最後一階停下腳步。世上無論哪個角落都沒有人正等著她——這念頭突然糾住她不放。她是來這裡聽取她未曾謀面的父親的遺囑；一連串的幽魂建構了她的整個人生，這些幽靈操控著她的腳步，卻什麼也不給她；她總是行向虛空，走向冰寒之水。她想起在外婆家花園的一個午後，想起丁香花的純白無瑕，想起田野邊緣的香草。她腦海中再度浮現英國老太太的話語，一股憤慨油然而生。「這是最後一次了。」她說。她凝望灰色的水面與銀閣寺，看著沙雕景致與楓樹，看著那屬於孩提歲月的廣袤之地與庭園的永恆時光。悲傷將她淹沒，而那悲傷中揉合了屬於純然幸福的碎片。

# 二

日本古代，伊勢海邊一處隱密的小海灣住了一名女子，她深諳百草藥效，當人們前來求她為他們緩解病痛，她便以草藥為他們治病。儘管如此，她自己卻不斷忍受著極端的疼痛，彷彿神明下了一次決定之後，便永遠無法轉圜。一日，一名曾被她以特製石竹花茶治癒的親王問她：「妳為何不用妳的力量醫治自己？」「力量會因此消失，」她回答，「我便無法治癒他人了。」「若妳能夠好好過活，無需忍受痛苦，那麼他人的苦痛又何關緊要？」他問。她笑了。她前往花園，剪了一大把深紅色的石竹花，將這把花束遞給他說：「若真如此，那我如何能夠無憂無慮，那我還能將我的花送給誰呢？」

# 一抱緋紅石竹花

四十歲的玫瑰幾乎未曾活過。孩提歲月的她在美麗的鄉村成長，她在那兒認識了朝生暮死的丁香花、田園、森林綠地、桑椹與溪畔的燈心草；而在日暮時分，在如瀑的金黃雲朵與粉色彩霞渲染之下，她吸收了世界的智慧。夜幕低垂之後，她便閱讀小說，她的靈魂由鄉間小徑與故事來陶冶造就。之後，有一天，就像有些人弄丟手帕一般，她丟失了幸福。

她的青春歲月鬱鬱寡歡。別人的年少時光在她眼中顯得絢麗多彩而魅力無窮，而當她想到自己的青春，它卻像掌中之水一樣兀自逃逸，無法捕捉。她儘管有過一些朋友，卻從未愛過他們。她有過的男友都如同幽影般穿越她的人生風景，而她把日子都用在和模糊不清的形影交往。她不認識父親，母親在她出生之前便離開了他；她從母親身上，只能感受到滿滿的憂鬱與心不在焉。當母親過世時，她為自己竟會感到如此痛苦而驚愕不已。五年就這樣過去，她自認無父無母，儘管她知道有個日本人活在某個地方，而這個人還是她的父親。她知道他的名字，也知道他很富有，她母親偶爾會表情漠然地提及關於他的事，她外婆則絕口不提。有時，她會幻想父親想著她；有時，她則拿自己的紅髮綠眼來說服自己：日本是她母親編造的，她的父親並不存在，她誕生於虛空之中——她並不關心任何人，也沒有人關心她，虛空終究會戰勝她的人生，一如它最初孕育了她。

然而，玫瑰若能夠透過他人的雙眼來觀看自己，必定會極為訝異。她的傷痛在他人眼中顯得神祕，她的痛苦被解讀為靦腆，人們認為她過著祕密而極端的人生，而她雖然長得很美，卻總一臉嚴肅，慾望她的人總因敬畏而保持距離。此外，她的植物學家身分也讓人們更加謹慎；植物學家是個謎樣的職業，人們認為她既優雅又非凡出眾，因此不敢在她面前談論自己。她和那些不過是她人生中的過客的男人做愛時的漫不經心，可以解讀為冷淡，亦可解讀為熱烈。她的慾望從未持續超過數天，而且比起人，她更喜歡貓。她雖然欣賞花草樹木，但她和植物之間總隔著一層隱形的簾幕，那將她與植物分離開來，遮蔽了花草之美，剝奪了它們的生命——然而，她亦能感覺某種事物在她熟悉的樹皮與花冠之中震顫著，嘗試與她拉近距離。然而韶光流逝，她夢魘中的冰水，那緩緩將她淹沒的黑水，漸漸佔據了她的日子。外婆也過世了；她再也不交男朋友，也不和朋友見面了；她的生活日漸狹隘，凍結於冰霜之中。一星期前的某天早上，一名公證人通知她她的父親過世後，她便搭機前往日本。出發啟程她並未猶豫，在她人生的虛空之中，這件事也和其他事一樣無關緊要。但她如此輕易地聽從公證人的要求，這樣的作為背後其實隱藏了一份渴求，而今，京都正在揭露這份渴求。

她跟隨司機，再度穿越寺院大門，走下店鋪林立的街道。「玫瑰小姐，餓嗎？」他問道。她點點頭。「簡單的食物，拜託。」她說。他面露驚訝之色，思索一陣之後，再度邁開步伐。穿越河道後，他們左轉駛向下方街道，來到一棟小屋，屋前的人行道上放著寫了字的招牌。司機穿過一道短門簾，由一扇拉門進屋，她跟著他進入一個洋溢著烤魚香氣、沒有隔間的空間。室內正中央有台龐大的抽油煙機懸吊在炭烤爐上方；左側是可坐八人的吧台；右側爐台後方有著堆滿碗盤和各種廚具的層架，和一個小小的流理台；矮櫃上是一瓶瓶清酒，沿著飾有貓咪圖畫的沙牆擺放。總之，這地方在木造裝潢與一片混亂之中，散發著孩提時期廉價平民飯館的氛圍。

他們在吧台坐下，廚師同時現身，他的身材肥胖，身著羽織與花色相仿的褲子。一名女服務生為他們遞上熱毛巾。「玫瑰小姐吃魚或肉？」司機問道。「魚。」她說。他用日語點了餐。「啤酒？」他又問道。她表示同意。他們陷入沉默。某個事物在他們周圍震顫著，這事物的存在因他們的沉默而顯露出來，有股純真的氣息在雜亂的空間中蔓延，玫瑰感覺世界以一種古老的方式顫動著——是的，「古老」，她對自己說，儘管這個詞毫無意義。接著她又想：我們在這地方並非孤身一人。女服務生在他們面前放了個漆器托盤，托盤上放了一些小器皿，裝滿了陌生的菜餚。一盤生魚片，一碗白飯，一碗清湯。女服務生用抱歉的口吻說了幾句話。「魚快來了。」司機翻譯道。廚師在烤爐上放了兩條插在木籤上的魚，看來像鯖魚。廚師用白色毛巾擦拭滑落臉頰的大顆汗珠，但玫瑰並未心生反感，若是在巴黎，她肯定會感到厭惡。她啜飲一口冰涼的啤酒，咬了一口白色的生魚片。「烏賊。」司機說。她緩緩咀嚼。軟體動物的軟嫩質感輕撫她的味蕾之時，她心中掠過許多畫面——貓咪、湖泊、塵灰。雖然並不清楚緣由，但她想大笑，想大笑直到一把利刃在下一刻落下——落在什麼上頭呢？而在這理應是痛楚的感受之中，生出了一股尖銳的快感。她再喝一口啤酒，品嘗一塊紅色的生魚片（「鮪魚肚」，他說），它顛覆了她的感官；如此強烈的愉悅誕生於這赤裸裸的體驗，她為此驚嘆不已，這時女服務生將烤鯖魚端了上來。她集中精神，試著以筷子分解魚肉，最後以一種緩慢精巧的策略取得勝利。魚肉的滋味實在難以言喻，她已經不餓了，感覺自己一反常態地心平氣和。

他們回到家裡。屋內有一名西方男子正等著她。他在她走進楓之廳時彬彬有禮地對她打招呼。他身邊的佐世子看著她，交叉的雙手擱在牡丹腰帶上。玫瑰保持沉默。男子向她踏出一步。她注意到他前進的模樣有些不同，被他穿越的空間似乎化作液態，他彷彿航行於現實的兩種水流之間。她也注意到他的淺色雙眸，不知是藍是綠，以及刻劃於他前額的皺紋。

「我叫保羅，」他用法語說，「我是您父親生前的助理。」

她不發一言，於是他補充道：

「或許您不知道他生前是藝術經紀人？」

「現代藝術的經紀人。」

她搖頭。

她環顧四周。

「這裡完全看不到什麼現代的東西。」

他面露微笑。

「現代藝術有好幾種不同形式。」

「您是法國人嗎？」

「比利時人。但我已經在這裡住了二十年了。」

她推估他的年齡與她相仿，不禁猜測他在二十歲時，是為了什麼原因來到日本。

「我在布魯塞爾大學學過日文，」他說，「我來到京都時認識了陽之後，便開始為他工作。」

「您們是朋友嗎？」她問。

他略有猶豫。

「他是我的良師益友，但到最後，是的，我們可以說已經變成朋友了。」

佐世子向他說了些話，他點點頭，示意玫瑰在楓樹左側的矮桌前坐下。坐下時，她覺得生命像破了洞的羊腸氣球似的傾瀉一空。佐世子端茶過來，盛茶的陶杯有著如耕地般起伏的粗糙顆粒。玫瑰轉動著手中的茶杯，撫摸那凹凸不平的表面。

「柴田惠輔。」保羅說。

她看著他，沒聽懂。

「陶藝家。陽代理他的作品已經超過四十年了。他同時也是詩人、畫家、書法家。」

他喝了一口茶。

「您現在會很疲倦嗎？」他問道，「我想和您談談接下來幾天的行程安排，您得告訴我您現在感覺如何。」

「我現在感覺如何？」她說，「我不認為疲倦是重要指標。」

他凝視著她的雙眼。那使她分心，她等待著。

「的確不是，」他說，「但我還是想了解一下。至於其他的指標，我們將會充分討論。」

「誰跟您說我想討論的？」她語帶攻擊地問道，旋即感到後悔。

他什麼都沒說。

「有哪些事該做？」她問。

「討論，然後週五去找公證人。」

他依舊凝視著她的眼睛，他說起話來很平靜，毫不急促。佐世子自楓樹另一側的一扇門中再度現身，為他們添完茶後，站在原地，用充滿疑問的眼神看著保羅，雙手依舊擱在粉色牡丹腰帶上。

「浴室裡有一株芍藥，」玫瑰說，「花名是Hyoten。大根島上的人把它種在火山灰土壤中。『Hyoten』在日語中有什麼含意嗎？」

「它的意思是冰水，或者更確切地說，冰水的溫度，『冰點』。」他回答。

佐世子看著玫瑰。

「冰川火山小姐。」她用英語說。

「您是植物學家。」保羅再度開口。

所以呢？玫瑰心想。她感到惱怒，一如她站在玄關的玉蘭花前時一樣。

「他無時無刻不對我提起您，」他補充道，「他沒有一天不想著您。」

這句話有如一記耳光搧在她臉上。她對自己說：他沒有這個權利。她想開口回應，卻只能擺擺頭，不知自己是在同意抑或拒絕，甚至不知自己是否理解他說出的話。他站起身來，她機械性地跟著起身。

「我讓您休息一下，但我晚點會回來。」他說，「我們去城裡用晚餐。」

回到房中，她讓自己倒在榻榻米上，雙手抱在胸前。三株緋紅的石竹花以精巧的手法插在黑色花瓶中，它們傾斜著花冠，擺出優美的姿態嬉鬧著。它們屬於中國種，有著單層花瓣、纖細的花莖、特別濃烈的胭脂花色。那三朵單瓣花冠的單純天真，以及它們的清新香氣，對她而言都像某種責難；花朵的擺設方式之中，有某種元素讓她心神不寧；一股強烈的憤怒向她襲來。她睡著了。輕輕兩下敲門聲將她驚醒。

「有什麼事嗎？」她用英語問道。

「保羅先生，在等。」佐世子的聲音說。

她一時感到困惑，接著意會過來。

「來了。」她說，同時心想，鈴聲、召喚集合、滿是規矩的出遊行程，這比學校還糟糕。

她自問究竟睡了多久。很久很久，她這樣想著——我有時差，我總是和現實有時差。她看著浴室鏡中的自己，看見臉頰留下了枕頭的壓痕。一陣衝動之下，她拿起一支口紅，又將它放下。**他無時無刻不對我提起您。**她將那支口紅丟到浴室另一端，穿過房間，看著石竹花，心情平靜下來。

她在楓之廳中找到保羅。

「我們走吧？」他走向她問道。

她現在才發現，他的腳有些跛，所以他才會如同河魚般在世界之中滑行，在世界的裂縫之中造成流動。她跟著他走到玄關，玉蘭花默默地競相躍動。他們穿越街道前方的小庭園，杜鵑花在那兒伸展著粉紅淺紫花瓣，恍若四下迸發的煙火。石燈籠腳邊，玉簪花自四處可見的毛茸茸短苔蘚中冒出頭來。右側，是一排楓樹；左側，是一道白牆，在剛染上色彩的夕暮中映著搖曳竹影。

「我們要去哪？」她問道。

「在京都，陽外出時很難不被認出來。『狐』是他的祕密棲身處。」

司機像今早一樣，將他們載至河流另一端，車窗外再度接連掠過水泥街道與電線。餐廳前方，拉門右側的紅燈籠，在玫瑰眼中像是黯夜中的燈塔。餐廳內部煙霧迷濛，遮蔽了視線。餐廳角落的吧台放滿了清酒瓶，後面傳來烤肉的香氣；吧台前方是四張深色木桌，幾盞吊燈在黑暗中微微散發光芒，漆成黑色的牆面上布置著漫畫海報、廣告看板、超級英雄公仔；到處都是啤酒箱、謎樣的酒瓶、圖畫書；整體看來，這裡散發著古怪調皮的氣氛，洋溢著木造建築的氛圍。他們的每間餐廳看起來都像是孩子們會在裡頭玩耍的儲物室嗎？她這樣想著，同時發現自己餓了。

「我想像中的日本是乾淨美麗的。」她說，「不會聞到油炸食物的味道。」

「這裡又不是新教徒的地盤。」他說，「我很清楚自己在說什麼。日本多數地方都是既歡樂又混亂。」

「他家不是。」她說。她說不出**我父親家**這幾個字。

「但多數地方都是。」他重複道。

主廚來到他們面前，這個戴著眼鏡的年輕男子，額頭上綁著一塊布巾，有點暴牙。玫瑰察覺他那帶點羞怯的好奇心，保羅友善地和他交談了一會，接著她似乎聽見他們提到父親的名字，而年輕男子的表情變了。他摘下眼鏡，擦拭。沉默一陣之後，他看著她說了些話。

「歡迎。」保羅為她翻譯。

就這樣？她心想。

「您吃肉嗎？」保羅問道。

「這餐廳賣什麼？」

「焼き鳥。串烤。」

「很合我的意。」她說。

「啤酒還是清酒？」

「都要。」

保羅與主廚簡短交談之後，她和保羅面對面，懸在沒有話語的靜默之中，那讓她渾身不自在。主廚將兩大杯冰啤酒放在他們面前時，她嚇了一跳。今早出現過的念頭再度浮現——**我們在這地方並非孤身一人**，接著浮現的是另一個念頭：**這個國家是怎麼回事，在這裡永遠不能獨處嗎？**

「陽小時候家境普通，」保羅說，「這裡使他想起童年時會吃的串烤，他小時候住在山裡，飛驒高山。」

他舉杯。

「我敬您。」他說。他未等玫瑰回應，便兀自喝了好些酒。

奇怪的是，此時她竟然想著黑色花瓶中的三朵緋紅石竹花。主廚在桌上擺了一排串烤，以及一瓶清酒。她喝光半杯啤酒，覺得好多了。

「這是來自飛驒高山的清酒。」保羅邊說邊為她斟酒。

「飛驒高山？您要對我使出溫情攻勢嗎？」她問。

他盯著她的雙眼，又是那直接又澄澈的凝視，使她狼狽失措。她喝了一口酒。她注意到他眉弓的形狀，以及前額上一道筆直的皺紋。清酒的味道清爽，充滿果香，口感溫潤，串燒香氣四溢。醉意漸漸來襲。她發現他們已經默默用餐好一段時間。菜餚幾乎用罄，他們幾乎沒有交談。她放鬆下來，不再感受到最初的尷尬。當他再度開口說話時，她覺得自己彷彿從一個平靜的白日夢中醒來。

「陽最大的遺憾是，他還在世的時候，不能給您些什麼。」

她心想：他不能一再像這樣出乎意料地出拳襲擊我。

「這是為什麼？」她怒氣沖沖。

他看著她，有些困窘。

「我想您應該知道為什麼吧。」他說。

我知道。對，我知道。她憤怒地想著。

「為什麼他會遺憾？」她又問道。

他啜了一口啤酒。他緩緩吐出字句，謹慎地選擇用語。

「因為他相信，給予，能使人感受到生命。」

「他是佛教徒嗎？」她問，「您呢？您也是耶穌馬槽的狂熱信徒嗎？」

他笑了。

「我是無神論者。」他答道，「而陽是以他自己的方式信奉佛教。」

「什麼方式？」

「他是藉由對藝術的熱愛而成為佛教徒。他相信佛教是出色的藝術宗教。但他也認為佛教是清酒的宗教。」

「他喝很多酒嗎？」

「是的，但我從沒看過他喝醉。」

他將杯中物一飲而盡。她帶著敵意盯著他看。

「我來這裡，是因為別人叫我來這裡。」

「這一點我很懷疑。」他說。

她笑了，笑中帶著一抹苦澀、一絲嘲諷。

「他現在還能給我什麼？」她問，「缺席和死亡能夠給人些什麼？錢？藉口？漆器桌子？」

他沒回答。他們不再交談。然而，當他們乘著餐廳外的車子離去，當夜彷若闃黑汁液在他們上方潺潺流淌，當他們再度穿越掛著燈籠的庭園，以及當保羅在玉蘭花前向她告辭時，她都感覺得到，花朵在她內心起了某種作用，雖然她不知道那代表什麼。她感覺某種事物在樹皮與花冠之中震顫著，嘗試與她拉近距離。紊亂的思緒糾纏著她，使她精疲力竭；她睡著了。夜裡，她夢見自己明白了那些石竹花的意向：這些花請求被帶走，央求有人將它們贈予他人。她將手伸近，緊握花莖，將這些花抽出來，任其在榻榻米上滴著水。接著，在她沉睡的這房間的微光之中，她看見自己將這三朵緋紅的石竹花遞給保羅，並對他說：「要是這樣的話，我還能夠無憂無慮地將我的花送給誰呢？」

# 三

據說，在歐洲的啟蒙時代前後，在依舊處於封建制度下的日本，過著漫長苦難人生的詩人小林一茶*，有天前往京都禪寺詩仙堂，坐在榻榻米上欣賞庭園許久。一名小和尚前來向他誇耀沙子多麼細緻，以及周圍耙了一個極致完美之圓的石頭是多麼美麗。小林一茶保持緘默。小和尚口若懸河地向他誇耀枯山水景致的深度；小林一茶依舊閉口不語。另一名因他的沉默而有點

*譯註：一七六三～一八二七，日本俳句詩人。一生窮困，命運坎坷，卻不減其隨遇而安、詼諧入世的人生態度。著有《寬政三年紀行》、《文政句帖》、《七番日記》等作品，與松尾芭蕉、與謝蕪村並稱日本江戶時代三大俳句詩人。

訝異的小和尚，則對他禮讚那道圓是多麼完美。於是，小林一茶指著沙子與石塊外那些光彩奪目的大朵杜鵑花，對他說：「走出圓，你便遇見花。」

# 邂逅杜鵑

玫瑰醒在充滿臨在感的月光中。在敞開的窗框中，她看著孤寂的月，輝耀的珍珠色澤，此時她心中浮現一幅畫面：鄉村與葡萄藤。這個回憶畫面竟在此時此地回來糾纏她，讓她感到很不尋常。天氣燠熱，蟬鳴聲不絕於耳。她就這樣躺了一會，睜著雙眼，緩緩呼吸。世界流轉而她保持不動，風吹過而她停留原地。在這靜默之中，在這闃黑之中，她不屬於任何地點，也不屬於任何時間。她再度沉睡。

醒來時，她想著昨夜的晚餐，想著那難以定義的某種事物的存在感所散發出的光暈。她沐浴、著裝，前往楓之廳，在那兒看見佐世子，她穿著淺色和服，橘色腰帶上點綴著許多灰色蜻蜓。佐世子招呼玫瑰坐下，並端上和昨天相同的早餐時，玫瑰再度欣賞著那對幾近半透明的白皙眼瞼。

「玫瑰小姐，睡得好？」佐世子依舊用英語問道。

玫瑰點頭。

「司機說，玫瑰小姐昨天遇見kami。」她又說道。

「Kami？」

「Kami，神靈。」

玫瑰困惑地看著佐世子。**我昨天遇見了神靈？**接著她想起銀閣寺的英國老太太，以及司機看著她走遠時的眼神。

「那個英國女人？」玫瑰問道。

佐世子看來不太高興。

「Kami。」她再度重複。

接著她因為憂慮而皺起眉頭：

「壞kami。」

佐世子踩著小碎步離去，腳步顯得有些倔強。玫瑰自得其樂地練習使用筷子，精進她分解魚肉的技巧，她不知道那是什麼魚，但牠肉質極軟，入口即化，她滿足地咀嚼著，像個小學生一樣。她沒動那碗白飯，為自己倒了一杯綠茶，嗅聞它的香氣。突然一陣情緒波濤，她站起身來，打開面河的窗戶，呼吸新鮮空氣。水的力道使她卻步，她趕緊轉回屋內，看著楓樹。在蒼穹與大地之間，楓樹深深扎根於它的光之井內，吸納了許多畫面，那是從綠茶的新鮮青草香氣中誕生的畫面——淚、田園之風、苦痛。那畫面消失時，她聽見外婆的聲音說道：我拜託妳，別在孩子面前哭泣。接著屋內有扇拉門被推開，使得玫瑰一驚。保羅以他那流暢而破碎的行走方式在空氣中前進，抱著一大把粉色芍藥花來找她。

「準備好出去逛逛了嗎？」他開口問玫瑰時，佐世子前來接過他懷中的花束。

這問題來得突然，她點點頭。屋外，司機正等著他們。天空晴朗，空氣微涼，她訝異於自己的心情竟相當輕鬆。她告訴自己：走吧，好心情不會持續太久，好心情永遠不會久留。他們再度穿越河流，但這次是沿著群山朝向北方行駛。過了一會，他們轉向右邊一條坡道，穿越豪華宅邸林立的住宅區。司機將車停在一座木造門廊前。

「詩仙堂。」保羅說，「這季節我最喜歡的地方。」

「這是一座寺院嗎？」她問。

他表示沒錯。他們向上走了幾階，沿著一條石板小徑向前走，兩側植滿高大的竹子，灰色的竹桿與幾近黃色的竹葉，看起來像極了一道由燧石與麥桿交織而成的屋頂。步道兩側鋪著長條狀淺色沙子，上頭耙著一道道恍若礦石溪流的平行線條，玫瑰感覺得到那寧靜流水的撫觸，感覺得到那細緻的顆粒，那金色流水的快活。他們向上走了幾階，面前就是寺院。圍牆前方是由相同的沙子構成的大片沙地，並且種了一叢杜鵑。他們脫了鞋，進入寺院。穿過一條走廊後，是面向庭園景觀的空間。保羅在榻榻米中央坐下，她則在旁邊坐下。屋內沒有其他人。

她眼中看不見其他事物。四周是由碧綠植物構成的風景，有吹拂樹木的微風，有修剪成圓形的灌木叢，但她的全副人生、她的所有歲月與光陰，都包藏在這些由耙子劃出的曲線之中，這些曲線圍繞著一塊巨石、一叢杜鵑和一簇玉簪花，植物與石塊下方的沙子是如此細緻，彷彿連目光都覆上一層粉末。自這完美橢圓之中誕生了宇宙；玫瑰的心靈隨著細沙共舞，依附著那細沙波紋的軌跡，在巨石與植物周遭旋轉，而後再度開始起舞；在光陰之輪裡，在感官之環上，只剩下這場無盡的漫步；她想自己已經瘋了。她想掙脫這一切，卻只能放棄抵抗，任自己沉浸在這場由無機質礦物迴圈所造就的酩酊之中。她望向遠方，卻什麼也沒看見。世界就藏身於這環圈與沙之平面之中。

「人們常在春天來這裡賞杜鵑花。」保羅說。

一股直覺如飛箭掠過心頭。

「是他要求您這樣帶我四處閒逛的嗎？行程是他規劃的？銀閣寺，和這座寺院？」

他沒回答。她再度端詳那橢圓、那沙、那內在世界的線條。稍遠處，碩大的杜鵑花叢為枯山水庭園構築出一道鮮嫩柔軟的翠綠護牆。

「我剛才沒看見那些杜鵑，」她說，「我看著那個圓。」

「在禪宗傳統中，圓被稱為『圓相』。」他說，「它可以是敞開一角的圓，也可以是密合之圓。」

她對他說的話很感興趣，這讓她非常驚訝。

「它們代表什麼意義？」她問道。

「意義由您決定，」他回答，「真實在此不甚重要。」

「他是為了這個原因，才要您把我像個笨重的包裹一樣，從一個地點運送到另一個地點，就為了將現實溶解在圓當中，將現實淹沒在沙裡頭？」

他不予置評，只繼續欣賞庭園。

「您是植物學家，卻不看花。」他終於開口說道。

他的語氣既無攻擊性，亦沒有試圖論斷。

「我最喜歡的詩，是小林一茶的詩。」他繼續說道。

他以日語吟誦，接著為她翻譯為法語。

**吾人行走世間**
**於地獄屋脊上**
**凝望繁花**

她意識到一陣反覆循環的聲音，自他們抵達寺院時便不斷響起，一種類似敲打聲的清脆聲響，規律地間歇出現，掩蓋流水的樂音。剎那之間，某種事物改變了。沙子產生變化、收縮，在一枚尋常沙漏之中流洩、消逝，而庭園景色則膨脹擴大，在樹木、鳥鳴與微風的囁語之中伸展開來。而今，她看見下方流淌的潺潺溪流，以凹洞承接水流的竹子向下翻覆敲擊石塊，發出清脆聲響，而後再度回到上方的水流之中；她看見那些楓樹，看見堤岸上的鳶尾花，看見四處扎根於古老沙石中的杜鵑；她全身顫慄，接著一切愕然消逝，而她只不過是迷失於陌生庭園中的玫瑰。但在某個場所，在真實並不重要的某處，她想像自己凝視繁花。他們起身。

「我猜您要帶我去他指定的餐廳吃午飯。」她說。

「餐廳並不是他的主意。」他說，「但在那之前，我想讓您看看某個東西。」

「您除了負責管我之外，沒有其他事情可做嗎？」她問道，「您沒有家庭，沒有工作嗎？」

「我有一個女兒，她今天在一個可靠的朋友那裡。」他說，「至於工作，就要看您怎麼決定了。」

她思考了一下他的回答。

「您女兒幾歲？」

「十歲。她叫安娜。」

她不敢問關於安娜母親的事。這名女性存在的事實讓她不大愉快，她將這思緒逐出腦海。

回到家中，早上的那一大把粉色芍藥在玄關裡展示它們華麗的身形。她跟隨保羅的腳步，兩人經過她的房門前，來到走廊盡頭。他拉開一道門，那是昨天讓玫瑰在走廊上掉頭轉向的門。門內是鋪著榻榻米的房間，大片的轉角落地窗，一邊可俯瞰河景，另一邊可眺望北方山巒。面朝東方的一張矮桌上，放著一盞紙燈、一些書法用具、幾張散亂紙片；窗戶對側的牆上，固定著一些又寬又長的淺色木板。在這房間內，她最先看見的是河流，接著是山，稜線如織物布料層層疊疊的山，最後才看見那些悉心釘在淺色木板上的照片。

其中一張照片，拍的是夏日花園中的一名紅髮小女孩。照片後景是大片盛開的白色丁香花，遮住了一道矮石牆。照片右側能看見微藍的綠色丘陵，山丘之間是一道山谷，溪水蜿蜒其中，天上是圓滾滾的白雲。玫瑰看著眼前這些照片，全部看過一輪之後，過了半晌，她才意識到，只有這張照片不是偷拍的。其他的照片都是在玫瑰絲毫未察覺之下，以望遠鏡頭拍攝的。這些照片拍攝角度不一，各個時期都有。

「他是怎麼拿到這張照片的？」她湊近那張紅髮小女孩的照片問道。

「您的外婆寶蘿。」他說。

「什麼？」

「有一天，陽收到寶蘿寄來的這張照片。」

「就這樣？」

「就這樣。」

她用目光掃視那些木板。她從小到大的偷拍照，身邊是外婆寶蘿、女性友人們、情人們。她跪在榻榻米上，懊惱地的垂著頭。她因為自己顯然正在屈從、正在懇求，而再度怒火中燒。她抬起頭來。

「沒有我母親的照片，一張都沒有。」她說。

「沒有。」

「他窺視了我一輩子。卻連一張她的照片都沒有。」

「他沒有窺視您。」保羅說。

她瞥見他澄澈的目光，感到走投無路，感到憤怒。

「不然這該怎麼形容？」她問他。

「您母親穆德沒留給他別的。」

「一輩子，卻沒有母親。」她說。

她起身。

「也沒有父親。」

她再度跪倒。

「您能想像他如何照看著您嗎？」保羅問道。

她不回答。

「您很生氣。」他說。

「如果是您，您不會生氣嗎？」她憤怒地指著照片，輕聲說道。她聽見自己的聲音顫抖，這讓她覺得受辱。

她在隸屬感知的兩道地層之中，再度迷失片刻。她看著丁香花園中的紅髮小女孩，怒火再度高漲，接著那憤怒出乎意料地變換樣貌。孩提歲月的她，曾經在人生的開端體驗過滿滿的所謂幸福；而接下來卻是虛空，虛空淹沒一切，連她的記憶都一起吞沒。此刻，這回憶再度復甦，宛如一盤滿溢的鮮美水果；她嗅聞著熟透蜜桃的香氣，傾聽嗡嗡的蟲鳴，感覺時間變得柔軟；在人們稱為心或核心之物的邊緣地帶演奏著一道旋律，而她任自己漂流在化作液態的世界之中。世界由無數銀色絲線編織構築而成，這些銀色絲線蜿蜒於花園的野草之間——她跟隨其中那道較其他銀絲更加閃耀、更加熾烈的銀線，而這一次，那銀色絲線不斷延伸，直至無窮盡之處。

「憤怒總是接連而來。」保羅說。

她從默不作聲的出神狀態當中脫離。在沉靜的喧囂之中，圓的曲線重新組合，她試著留住那些鮮美的水果，卻如同夢醒時試圖留住夢境般徒勞無功。

「據佐世子的說法，司機說我在銀閣寺遇見了一個kami。」她說，「一個壞kami。」

他在她身邊坐下。

「我在那裡誰都沒遇見，頂多和一名英國遊客聊了幾句而已。」

「佐世子和寬渡對神靈這個詞有很個人化的詮釋，」他說，「我不確定他們的分類方式是否正統。」

「那個英國人對我說，未能準備好承受苦難之人，亦未準備好去活。」

他輕聲一笑，但並非對她笑。

「痛苦毫無用處，」她說，「完全沒有用處。」

「但痛苦確實存在，」他說，「我們能怎樣？」

「因為它存在，所以我們就必須接受嗎？」

「接受？」他重複道，「我不認為，但這是冰點的問題。稍微高過冰點，元素便呈現液態，稍微低於冰點的話，元素就成為固體，被自己困住。」

「這代表什麼？代表不管怎樣都得受苦嗎？」

「不，我只是想說，一旦低於冰點，一切都會凍結在一起。痛苦、喜樂、希望、絕望。」

Hyoten。玫瑰心想，她受夠花了。

「我家的人都只感受得到一種情緒，我母親只感受得到悲傷，而我只有憤怒。」她說。

「那您外婆呢？」他問道。

離開那房間時，她轉頭向後瞥了一眼。窗外，泛著藍光的山稜線消失在薄霧之中，晴日時自地面升起的山嵐抹消了山脊與起伏山巒，以隱形的墨水為世界抹上一層光澤，渲染出一幅半透明的水墨畫，充滿力道的畫。

她在車裡像個孩子似的擺出賭氣的模樣。沉默讓她感到沉重，但她又不願打破沉默。她很喜歡保羅挑選的餐廳，但她忍著不去讚美。他們在吧台坐下。所有裝潢都使用明亮而光滑的木材，此外毫無擺設，如同小木屋般樸實無華。陽光自他們面前的壁龕傾瀉而入，如同牡蠣殼般凹凸不平的陶製花瓶中插著幾根楓樹枝。保羅點了菜，兩杯啤酒隨即端上桌來。她以為他們會安靜地吃完午飯，但喝了幾口啤酒之後，保羅打破了沉默。

「陽誕生於高山市附近的山中。他住的房子位於一道激流旁，這條溪一年之中有三個月處於冰封狀態。他家在市內經營一間清酒商店，他父親每天步行下山到店裡工作。陽帶我去過那裡。那時，他在一塊坐落於淺灘中央的巨大岩石前告訴我，他是看著雪落在這塊石頭上，看著雪融化在這塊石頭上長大的。這塊巨岩讓他立定了志向，此外還有雪中的樹木、瀑布與冰霜。」

冰霜，永遠都是冰霜。玫瑰這樣想著。

「十八歲那年，他來到京都，既身無分文也沒受過相關教育，但他很快就在這裡結識了利用各式**材質**創作的藝術家——陶藝家、雕塑家、畫家與書法家。他藉由他們的作品致富。他天生便有生意眼光。他身上有股不可思議的驚人魅力。」

他直視她的雙眼，她再度被激怒了。她充滿怨懟地想著玄關處那難以言喻的玉蘭花。

「然而，他生命中沒有一天是為了錢而活。他企求的是一份自由，能夠自由地以他的方式來榮耀家鄉激流中的那顆巨石。而當您誕生時，他希望能自由地給予您一份能夠帶來療癒的遺產。」

「療癒？」她重複他的話。

「是的。」他說。

她啜了一口啤酒。她的手顫抖著。他們面前出現一名廚子，他先是鞠個躬，接著從楓枝左側一個小小的玻璃冰櫃中拿出幾塊生魚。她並未注意到他們就坐在一排生肉前方，面對著章魚的觸腳與橙色海膽；她眼中只有自己為了擊退暴力與字句所必須做的努力——抑或為了擊退暴力與死亡而做的努力，她心想。一股厭倦席捲而來，但不多久又湧現一股無以名狀的興奮感，一股由這木石之國所斷續激起的興奮之情。廚子在兩人面前擺放了兩只方盤，灰棕交雜的陶盤表面如登山步道般凹凸不平，盤中是醃生薑以及鮪魚肚壽司。她像緊抓住救生圈似的攫住那塊壽司，渴望再度尋回她的肉體，逃離她的精神世界，巴不得自己只是一副胃袋。入口即化的軟嫩魚肉配上醋飯，使她平靜下來。再度變回血肉之軀的她鬆了口氣，她心想，她能理解她的父親，**材質**或許能解救她，透過由世界構成的泥膏，透過由魚肉與米飯構成的敷藥來解救她。用餐時，他們不再交談。他在玄關裡的粉色芍藥花前向她告辭：「我今晚會回來帶您去晚餐，若您下午想去城裡的話，寬渡聽您差遣。」

她躺在房內的榻榻米上，心想：我走在地獄屋脊上，卻不看花。此刻，她眼前再度浮現詩仙堂的大叢杜鵑。沉沉睡去時，她亦看見一道極致美好的圓，在她的內在之眼前成形、變幻。那道圓繪自黝黑似漆的墨水，在夢境與現實之間飄浮，勾勒出一道精緻優雅的漩渦。她欣然沉浸在這綿延無盡的流動之中，而那圓在凝結不動的同時亦開啟一道裂口，幾朵雲飄遊其中。

# 四

在京都仍是荒僻日本列島首府的平安時代，有一天，一名小女孩在黎明時分帶著米飯，前往距市區一小時步行時間的伏見稻荷大社祭祀神明。靠近祭壇時，她看見祭壇旁的花朵，那是在夜裡燦然盛開的小型鳶尾花，帶著藍色斑點的蒼白花瓣，橙色花蕊中心透著紫紅。

一隻狐狸*坐在花叢中，等著她。

凝視狐狸好一會後，她將米飯遞給牠，但牠悲傷地搖著頭，直到她驚慌

*譯註：狐狸是稻荷神社祭祀的神明。

地摘下一朵鳶尾花，將花朵湊到牠嘴邊。牠啣過花，輕輕咀嚼，接著用小女孩聽得懂的語言對她說話——可惜的是，之後她便忘記狐狸說了什麼。反之，我們知道這名小女孩將會成為最出色的日本古典文學家，畢生以愛作為寫作主題。

# 她摘了一朵鳶尾花

玫瑰飄蕩於半夢半醒之間，敞開的圓造就的酩酊，如同搖籃般搖晃著她。然而，這樣的感覺不多久便消失無蹤。她隔著窗戶看著河水。她拾起草帽，離開房間。

寬敞的楓之廳空無一人。她伸手撫摸透明的窗玻璃，聽見身後傳來佐世子小碎步摩擦地板的聲音。她轉身，又看見那宛如薄紙的低垂眼瞼。兩人在枝葉靜默不語的心領神會當中相對片刻，接著魔力消散，玫瑰清清喉嚨。

「我要出去走走。」玫瑰用英語說。

過了一會，又用法語說：

「散步。」

佐世子穿過房間，卻又在最後一刻走回來。

「冰川火山小姐？」她問道。

佐世子看著玫瑰，用手勢向她示意：等我一下。她走出房間，回來時手裡拿著一方白紙。玫瑰小心翼翼接過那張紙，翻面。

「父親的女兒。」佐世子說。

在那張泛黃的相片中，能看到一名十歲出頭的男孩微微轉身面向鏡頭；他後方是一道湍溪，積雪岩石中的白色水柱；更遠方是山松，更多冰凍的石頭、陰暗的林下灌木。

「外表，一樣。」佐世子說，「冰與火。」

玫瑰忍住跪地的衝動，忍著不低頭、不讓世界整個墜落在她的頸項之上。她細細凝望男孩的雙眼，他的目光銳利，使得冰雪與白水的背景彷若一座闃黑之井。她將照片還給佐世子，轉身逃離。她在庭園中停下腳步。**我長得很像他**。她穿過竹門，繞過屋子，踏上河岸的鋪沙步道。**我一頭紅髮，但**

**我長得像他**。她走了一會，覺得自己淹沒在那雙烏黑眼眸的魄力之中，淹沒在那道湍流的力量之中。一道線區分了水與土地，介於水天之間，飄浮著，勾勒出一塊處女地，那兒沒有風，沒有熱氣，既無冰霜亦無鳥囀，一塊封閉領土，該地的材質悉數融解於虛空之中。一台單車與她擦身而過，她吃了一驚，發現自己正緊握雙拳。她回到現實。天氣晴朗，一隻大白鷺在燈心草環繞的小灣中慵懶閒晃，散步的人們來來去去。不久後，堤岸逐漸開展，鋪沙步道成為一片沙岸，野草在微風中款擺，如羽毛一般優雅。有什麼失去平衡，傾覆了。她想著：誰會透過父親孩提時期的模樣來認識父親？而後，她既驚訝又混亂，同時也憤慨地發現，她感覺得到這於她有益。

眼前是一座大橋，橋上人潮熙來攘往。她沿著石砌斜坡走上去，置身於人群之中，宛如一截朝西方隨波逐流的樹枝。街道通往一條設有遮棚的拱廊商店街，街道兩側林立著商店、餐廳、按摩店。她走了許久，已經離陽的家很遠的距離，但她身上沒有現金，也沒有手機。她向右轉，在稍遠處走進一間洋溢著墨香與薰香的文具鋪，她走近懸掛在牆上的空白掛軸，掛軸下方販售的是白色方形紙板，紙板四角以細緻的棉質掛鉤扣住。**每天都是一場嶄新的墨之夢**。一旁亦擺放著墨條、硯台、毛筆、雅緻的紙張、飾有花草圖紋的箱子；她真希望這世界是她的世界，希望她能融入芬芳木質的懷抱之中，花瓣與雲朵的夢之中。她以指尖輕撫一枝有著緋紅筆桿的毛筆時，感覺到背後有人，一轉身，銀閣寺的英國老太太就在眼前。

「京都其實不大，我們總會相遇。」老太太說。

她對玫瑰伸出手：

「我叫蓓詩。您的京都之行還愉快嗎？」

她穿著白色絲質洋裝，肩上披著一件優雅的長外套。

「棒透了。」玫瑰回答，「玩得像瘋子一樣開心。」

「看得出來。」蓓詩說。聽不出是不是反諷。

「您住在這裡嗎？」玫瑰問道。

「算是吧。」她答道，「您呢？是哪陣風把您吹來日本？」

玫瑰猶豫了一會，接著彷彿縱身跳下懸崖似的這樣回答，連她自己都感到訝異：

「我來這裡聽取我父親的遺囑。」

沉默。

「日本父親？」蓓詩問道。

玫瑰點頭。

「您是陽的女兒？」蓓詩再問。

又是一陣沉默。我是陽的女兒嗎？玫瑰自問。我是一名來自冰封山巒的小男孩的女兒。

「您認識他？」

「認識。」蓓詩回答，「我和他很熟。」

她朝玫瑰背後瞥了一眼。

「有人跟著您。」她說。

玫瑰看見寬渡站在一排墨條前方。

「拿去。」蓓詩遞給她一張名片說，「有空時打給我。」

她戲謔地對寬渡微微作了個手勢，走出文具鋪。玫瑰走向寬渡。

「回家吧？」她用英語問道。

他似乎鬆了口氣，他鞠躬，打手勢要她跟著他。他們在商店街內右轉，很快便置身寬敞的大道上，寬渡招了台計程車。她看著座椅上的白色蕾絲、計程車司機的白手套和滑稽的鴨舌帽打發時間。她覺得自己齜牙咧嘴——**對，齜牙咧嘴，如果這麼說有意義的話。我要噬咬，我要為了噬咬而活**。在屋前的小庭園內，淺紫色的杜鵑枯萎了，那姿態十足雅緻，花瓣滿是美妙的褶皺，枝椏鑲嵌著垂死的星辰。穿越玄關時，她以指尖輕撫一朵芍藥。她在楓之廳看見保羅，他坐在地板上，伸直的雙腿交疊著，背倚靠著窗玻璃。他正在閱讀。他抬眼看她。

「我已經準備好再來一趟像言情小說一樣戲劇化的雲霄飛車之旅了。」

「您很適合說挖苦人的話。」他這樣回答。

她啞口無言，不發一語。

「您小時候很鬼靈精怪。」他站起身說，「照片看得出來。」

她痛恨他這麼說。為了轉移話題，她指著他手中的書。

「您在讀什麼？」她問他。

「詩。」

書封上那些表意文字的筆劃好似風中蘆葦；墨筆繪出完美的圓，圓中有道裂口，飛鳥與白雲悠遊其中。

「誰的詩？」

「小林一茶。」他說。

「噢，對，」她說，「地獄，花。」

「地獄的屋脊。」他說。

玫瑰覺得他們似乎經過了昨天的串烤餐廳，接著在銀閣寺附近轉進她和司機一起吃午飯的街道。果不其然，他們要去的餐廳，差不多就位在那間彷如童年的廉價大眾食堂對面。她再度進入一個失落的國度，進入木之幻夢，進入過往人生的夢境之中。右側空間的地板架高，設有紙門，以榻榻米和矮桌迎接賓客；左邊則是吧台，吧台後方是料理空間，流理台下的層架堆滿美麗的碗盤。所有擺設都是由棕色、灰色、赭色等暖色調組成，沙牆上掛著書法作品與卷軸，四處都是有著細緻褶痕的紙燈籠。這裡洋溢著已然消逝的舊日情調，幾乎讓玫瑰迷失其中。

他們在吧台前坐下。他們頭上懸吊著一個花籃，蝴蝶花從籃中探出頭來，有如四下迸發的磷火。

「*Iris japonica*，」她看著花唸出它的學名，然後說：「這裡真美。」

「喝啤酒嗎？」他問道。

「還要清酒。」

啤酒來了，清涼而美味。一名廚師來到吧台後方，開始在一枚滿布裂紋的窄盤中擺上一坨坨陌生的蔬菜，還有金黃色的細絲、形似細香蔥的球根，全都擺成小山的模樣。

「白蘿蔔、洋蔥、根莖類蔬菜、薑、本地當令嫩苗。」保羅這樣說時，廚師將他剛完成的雕塑作品端上來放在他們面前，一名女服務生則端來兩碗冒著熱氣的湯、兩人各一盤白色渾圓的麵條、一個裝著香烤芝麻的小容器，以及一支小木匙。

他指著她的碗。

「請在裡面放三匙芝麻、一些蔬菜，還有烏龍麵，吃完後再重複同樣的步驟。」

清酒端上來了，沁涼而爽口。玫瑰將芝麻丟進湯裡，感受它們的震顫，覺得自己因此精神一振。她小心翼翼地加入薑絲、白蘿蔔，和各種不同的嫩芽。她試著將烏龍麵倒入碗中，又笨手笨腳地把掉出去的麵條夾回來，最後乾脆直接用手從吧台木桌上拿起麵條，再奮戰一會，然後停下動作，氣喘吁吁。

「這是為了讓客人在開動之前先累倒嗎？」她問。

她看看四周，只見其他客人低著頭把嘴湊在碗邊，簌簌地吸入碗中的麵條。她豁了出去，夾起一根麵條，那麵條像鰻魚似的在她筷間滑溜亂竄，掉落時濺溼了她的上衣。

「我懂了，」她說，「這是一場刁難新生的考驗遊戲。」

他面露微笑。接下來她略施詭計，把筷子當夾子，使其與桌面平行，讓麵條從一個碗滑進另一個碗。

「我在城裡遇見了在銀閣寺碰到的英國老太太，」她說，「她也認識陽。」

他好奇地挑眉。

「是一名雍容華貴的年長女性嗎？」

「沒錯，說著一口流利的法語。」

「蓓詩．史考特。」他說，「她是老朋友了。她和京都其他人一樣，直到陽的葬禮那天才得知您的存在。」

玫瑰放下筷子。

「沒有人知道嗎？」

「幾乎沒人知道。」

「有誰知道這件事？」

「佐世子和我。」

「還有誰？」

「沒有了。」

「連您的太太都不知道？」

「我太太已經過世了。」他說。

片刻沉默。她想說**我很遺憾**，卻說不出口。

「她是日本人嗎？」她問。

「和我一樣也是比利時人。」

他放下筷子，喝了一口啤酒。

「她是什麼時候過世的？」玫瑰問道。

「八年前。」

她想著：他的女兒沒有母親。他們保持沉默，偶爾啜飲幾口啤酒。在那沉默中，在某個既狹窄又廣袤，如蒼穹般不可見的場域裡，有某種事物變換了狀態。她感覺得到雨之將至，嗅聞得到飢渴大地的氣息，以及風中的青草味道。一場嶄新的移轉在某處發生了，空氣中飄蕩著林下灌木與苔蘚的芬芳氣息。她開始哭泣，豆大的淚珠泉湧如珍珠閃爍。她感覺淚珠成形、流淌、溶解於世界中，燦然生輝。她恨死了自己。她低頭繼續啜泣，鼻水不停地流，保羅遞給她一條手帕。她接過手帕，哭得更厲害了。他什麼都沒說，只是平靜地喝完啤酒，她為此感到感激。淚水已盡，她克制住自己。

「我帶您去喝一杯。」他起身說道。

車內的幽暗讓玫瑰覺得舒服多了。淚水與清酒賦予城市一種不同的質地，水銀之鏡的光澤。

「最難熬的是什麼？」她問道。

他沒回答，她以為自己太莽撞了。

「抱歉，」她說，「這問題太冒失了。」

他搖搖頭，表示並非如此。

「我在尋找準確的字句。」

他的聲音輕柔，聽起來很遙遠。

「首先，是她不在場的事實。接下來，是責任和痛苦，克拉拉不在場時的快樂讓人痛苦。」

「責任？」玫瑰重複道，「對您女兒的責任嗎？」

「不，」他說，「對我自己的責任。」

她陷入混亂，閉口不語。

「我們都能感覺得到，你我所說的語言已經和其他人的語言不同了，」他再度開口，「而我們領悟到，這就是愛的語言。」

「我從未說過這種語言。」她說。

「您為何這樣認為？」

「我不相信從未接受過的人能夠給予，也不相信您說的『給予能讓人感受生命』這樣的無聊話。畢竟人都死了，給予還有什麼用？」

「您開始能夠體會他犧牲的本質了。」他回答。

「這場鬧劇根本毫無意義。」她如此宣告。

車子在市中心的小巷中停下。他們踏上一道設於建築物外部的階梯，爬上這幢淒慘的小小水泥樓房的頂樓，進入室內。這間酒館設有大片落地窗，往外望可看見東方的山脈，室內較長的一側是長長的吧台，但奢華的山景讓沙牆與淺色橡木裝潢相形失色。窗面向神祕的夜，面對著屬於山脊的幽暗之詩。酒館內空無一人。他們就坐時，一名年輕的日本女子從右側一道隱密的門中走了出來。

「清酒？」保羅問玫瑰。

她點頭。

「我想喝酒。」她說。

「我也是。」

這出乎意料的默契使她心生感激，並放鬆下來。兩人默默喝完第一壺清酒之後，他再點一壺，她想說說話。

「您女兒現在在哪？」

「和她的朋友一起待在日本海的佐渡島上。」他回答，「她們整天都在閒晃，今天她告訴我她不小心把便當忘在腳踏車的籃子裡，結果便當被一隻烏鴉吃掉了，但最讓她生氣的點是，沒人為烏鴉準備便當。」

他的溫柔語調、他講述的畫面，以及烏鴉的故事，都讓玫瑰難受。

「您為什麼會學日語？」

「因為克拉拉學日語。」

她突然覺得酒醒了，她想說些什麼來尋回醉意，但門開了，有人邊高聲談天邊走進酒館。保羅轉身，微笑。進屋的是一名年邁的日本男子，臉上的皺紋滿布好比烏龜，已喝得酩酊大醉。他戴著一頂凹頂毛氈帽，帽子上襯著人字形斜紋粗花呢。他的襯衫一角從長褲裡露了出來，麻布西裝外套看來像是經歷過戰爭洗禮。他看見保羅和玫瑰時，興高采烈地高舉雙臂，接著摔倒在地板上。保羅熱心地扶他起身時，開心的他滔滔不絕地說了許多話，沒多久便走向吧台。

「柴田惠輔，畫家、詩人、書法家兼陶藝家。」保羅為玫瑰介紹。

兼酒鬼，她心想。柴田惠輔湊了過來，近距離盯著她看，充滿酒臭味的氣息吹在她臉上。保羅輕輕將惠輔往後拉，讓他坐上高腳椅。

「他只會說日語。」保羅說。

「謝天謝地。」玫瑰說。

惠輔打著嗝，但很有技巧地不讓人察覺。

「翻譯起來應該滿輕鬆的。」她說。

「可惜不是，」保羅說，「他是個無藥可救的嘮叨鬼。」

果然，惠輔開始像頭鵝似的喋喋不休說個沒完，他說話的對象有時是保羅，有時則是酒館裡不可見的生物。玫瑰喝光了幾杯清酒。惠輔邊絮絮叨叨邊喝著清酒，保羅總以單一音節來回應他說的話，有時則笑出聲來。終於他們的對話停歇，爛醉的惠輔將雙手平放在吧台上，兀自在一旁輕輕吹著口哨。

「他偶爾會稍微節制一點嗎？」玫瑰問道。

「嗯。」

「他發生了什麼事？」

「他是一九四五年在廣島出生。原子彈摧毀了他的家。他在一九七五年一場地震中失去了妻子和女兒。一九八五年時，他的長子因潛水意外而喪命。二〇一一年三月十一日，他的另一個兒子信，一名生物學家，去宮城縣出差，地點就在離仙台二十公里處的海邊。他來不及往高處逃。」

她用指甲摳著吧台上一道看不見的汙漬。某處，有什麼散發出一股威脅感。她再度喝起清酒。

「要將信的骨灰葬在墓園時下著雨，惠輔就倒在墳前的汙泥裡。陽將他扶起來，在葬禮前，陽都緊緊攙扶著惠輔。有人拿傘走近他們，但他拒絕了。他們兩人就這樣動也不動地站在雨中。漸漸地，我們其他人一個接一個闔起了雨傘。我還記得，我感覺到雨水的強度與重量，但接下來，我便忘卻了那強度與重量。我們進入了屬於亡靈的世界。我們已沒有肉身。」

他閉口不語，玫瑰突然感覺腳底一陣寒意。她試著像抓緊浮木般，將注意力集中於闃黑的天空，和充滿善意的山巒。那股模糊的威脅感盤旋不去。

她隱約看見人影、大雨、地上的泡沫。不——她打起精神想著，但雨仍不停地落下，她跪在地上，眼前已沒有山、沒有人，而在這不見肉身的世界裡，在這所有雨傘盡皆闔上的深淵裡，她沉入汙泥之中，當所有墓地再度就位，她徘徊飄泊於一座又一座的墳前，她註定墜落，註定沉淪於爛泥之中，暴露於暴雨之中。

「看著陽和惠輔時，我知道自己不久之後又會來到這座墓園，我心想：我們全都是地獄之火的囚徒。」保羅說。

他身邊的惠輔打了個嗝。

「我外婆下葬時也下著雨，」她說，「我不記得爛泥，但我記得雨。所有人都說我胡說，但我知道，那雨是黑色的。」

她停頓了一會，試著整理思緒，但還是放棄理清話中的邏輯。

「後來，我讀到，在原子彈爆炸之後，廣島和長崎都降下黑雨。」

她再度嘗試遵循一條邏輯之線，但那條線正在消失。

「外婆喜歡鳶尾花。她喜歡落在花園裡的雨水。」說這話時，她心想：

我真的醉了。

玫瑰的內心之眼突然看見寶蘿的笑臉。她聽見外婆說：**分株繁殖鳶尾花的時候到了**，她看見外婆穿著白洋裝，優雅地俯向花朵，非常沉靜，盈滿了愛。

一旁的惠輔又振作起來。

「他問，您是誰。」保羅說。

「那我是誰呢？」玫瑰問道。

他們用日語聊了幾句，惠輔揶揄地拍拍保羅的肩膀。

「他說您看來比您的父親還像死人。」保羅翻譯道。

「太棒了。」玫瑰咕噥著。

「完全是冷凍狀態。」他補充說明。

惠輔嬉笑著，看著她喃喃地說了些話。

「他覺得這是很好的業報，他認為要先死過一次，才能真的誕生。」

「他是在幸運餅乾的籤詩裡面找到這些格言警句的嗎？」她問。

保羅翻譯她說的話，惠輔拍著手。

「他說您不知道自己是誰。」

惠輔大力敲了桌子一下，同時「哈！」了一聲。

「他說這很正常，因為您還沒誕生。」

「那麼，這位了不起的偉大酒鬼認為我什麼時候會誕生呢？」

「我可不是佛祖，您自己想辦法。」保羅這樣翻譯，同時惠輔放著響屁趴倒在吧台上，開始打呼。

她轉身看著落地窗。在滿天繁星的夜色之中，東邊的山巒是沉睡於黝黑裏屍布下的巨人，它們說著玫瑰熟悉的語言。玫瑰內心某處有股泉源正微微震顫，但她知道自己所聽所感乃是因為她醉了，她知道這詩句與清澈流水到了明天，全都將會逝去。

「您喜歡這裡什麼地方？」她問。

一陣沉默之後，保羅說：

「詩意，以及擁有真知灼見的酒鬼們。」

「這樣就能夠活下去嗎？」

他沒回答。當他起身時，她幻想他原本想說：世上唯有愛，之後便是死——但他忍著沒說出口，因為她早已死去。稍晚，夜裡，她從睡夢中醒來。天氣窒熱。窗外，她看見靜止不動的枝椏後方，偌大金黃的月亮。她想起剛才的夢。野生鳶尾花田中，一頭狐狸坐著看她。

# 五

在武士掌權的時代，日本海的佐渡島上住了一名隱士，從早到晚，他都注視著地平線。他曾立誓用一生執行這場凝視，讓自己全然消失，化身為僅只是海天之間的一道線，並體悟這般狂醉的感受。然而，他總是待在一棵阻擋視野的松樹後方，人們問他緣由何在，他答道：因為我最害怕的事，就是成功。

# 松樹後

清晨降雨。東邊山中的氤氳薄霧，在蒼白的天空前裊裊升起，河流因驟雨發出震耳欲聾的聲響。在白茫茫的晨光中，在幽靈來來去去的無邊灰色風景之中，水天相互交融，消逝在同樣的終局裡。這樣的空無折磨著玫瑰，她無法擺脫它；在地獄的火爐中，人們闔起雨傘；她人生的此刻是個盲點，她飄浪於一片又一片空無的疆土之上，這些疆土如同死亡般，荒涼乾枯。妳是無法撤離這樣的前線的——她告訴自己，沒有實體的對手無以對抗。昨天的石竹花換成了一把鳶尾花，插在貝殼白的花瓶中。這些花使她從雨中回過神來，她洗了澡，穿好衣服，前往楓之廳。一時之間，她彷彿看見楓樹枝構成的一座十字架，而闃黑的天空中彷彿浮現了她記憶中的那些耶穌受難像，背景是她痛恨回想的時間與地點。接著幻象消失，楓樹閃耀光芒，她不再看見苦難。她很喜愛這棵楓樹被晶瑩剔透的水珠輕撫的模樣，停留其上的透明水珠，震顫著。過了好些時間，她訝異於這裡竟然只有她一人。她突然想到墓園中的父親，於是走出屋外。溼氣像件和服似的，緊緊包裹住她。

她回到屋內，發現佐世子穿著洋裝、套著雨衣，頭髮披垂在肩上，手臂上掛著一只手提包。

「早餐，快了。」佐世子說。

她走出楓之廳。過了一會，電話鈴聲響起，又過了一陣子，她端著一如往常的早餐回來。

「保羅先生，寺院見，」她說，「今天很忙。等玫瑰小姐吃完，寬渡先生開車。」

這裡就像部隊一樣，玫瑰任性地想著。今天的魚給了她一些考驗，而茶則惹她發怒。她起身走向剛才佐世子離開楓之廳時經過的那扇門，打開。

「我可以喝杯咖啡嗎？」她問道。

房裡的牆是沙石砌成，一只鑄鐵茶壺自天花板垂吊而下，繫著茶壺的鐵鍊穿過一根垂直的長竹竿。懸吊著的茶壺下方，是線條簡單的方形凹槽，一堆木炭堆疊於灰燼上，熱氣裊裊上升。炭灶中央跨放著一座三角架，這些器物全都鑲嵌在鋪著榻榻米的高台中央。四周的牆邊擺放著碗盤架。稍遠處的窗戶下方有座水槽，有瓦斯爐、石砌流理台、淺色木櫥櫃。牆上掛著一幅偌大的書法作品，上頭揮灑著狀如彗星的潑墨，墨跡彷彿漫溢整個空間。茶壺吱吱作響，這個空間訴說著屬於往日光陰的情感，玫瑰迷失在這尋常的他方之中。身穿米色棉質洋裝、用頭巾綁著頭髮的佐世子顯得比平時年輕，看來有些脆弱。玫瑰心想，不知佐世子有過什麼人生經歷，不知她有沒有結婚，不知她是從何時開始為陽工作的？

「我準備咖啡。」佐世子說。

玫瑰以動作表示感激，打算將門關上。

「今天下大雨。」佐世子又說，「待會，我給玫瑰小姐雨傘。」

只差沒下雨了，玫瑰心想。接著在一股衝動之下，她說：

「佐世子很會照顧人。」

佐世子面露微笑，一朵花在她明亮而光滑的臉上綻放。玫瑰嚇壞了，趕緊撤退。我在胡說什麼，她這樣想著，卻無法逃離那正在伸展開來的花冠的影像。她將額頭貼在冰涼的窗玻璃上；雨水降下，水珠從楓樹滴落在苔蘚上；佐世子的微笑使得玫瑰漂流到了某處，而此處正在向她低語：這兒是她的家。

她沒有碰剩下的早餐。她避開佐世子的視線，喝著咖啡。佐世子在庭園門前拿了一支透明雨傘給她。玫瑰撐開傘，很喜歡像這樣透過水滴觀看世界。在車內，她覺得車程似乎持續了很長一段時間，先是朝著西邊行駛，接著轉向北邊，一路開到一個寬敞的停車場，停車場後方的圍牆上有道巨大的木門。「保羅先生馬上到。」司機說，「玫瑰小姐裡面等，或外面等？」「外面。」她說。雨落在傘面的聲響予人愜意的感受，有那麼一刻，她幻想自己活在一枚盈滿而封閉的水滴之中，既無他方亦無往昔，沒有前景也沒有欲望。她走向大門；門的另一側是蜿蜒於不同寺院牆垣之間的鋪石小徑；她掉頭。幾分鐘後，一台計程車停在附近，保羅下了車，手中拿著一支透明雨傘。

「不好意思，」他說，「今早我有一樁重要的買賣。」

他撐開傘，一片迷途的葉子落在傘上。

「您逛過這裡了嗎？」

「沒有，」她說，「這裡是哪裡？」

「大德寺。」他答道，「由許多佛教禪寺組成的大型寺院。」

「所謂重要的買賣，指的是什麼？」走在鋪石小徑上，來到小徑向右轉彎處時，玫瑰問道，「很多錢？」

「長期合作的顧客。」他說。

「您賣了什麼？」

「一扇屏風。大型的屏風，出自日本在世最偉大的藝術家之一。」

「那值多少錢？」

「兩千萬日幣。」

「看得出來，您沒有金錢方面的困擾。」

「這應該和您比較相關。」他說。

她在小徑中央停下腳步。

「我不要錢。」

他也停下腳步。

「您壓根不明白自己想要什麼。」

他的語氣中聽不出論斷或責難，她想回話，但只做了個手勢表示：我受夠了。他們繼續向前走。

「您為什麼會跛腳？」她問。

「登山意外。」

雨停了。她感悟著這份籠罩四周的靜謐，一種**水平的**靜謐，既純粹又難以參透——她心想，這麼說毫無意義。然而，這份靜謐在小徑之間蔓延開來，她感覺自己和它撞個正著，感覺它在石頭與空氣間形成一片不可見的波動。通道兩側是不同寺院的牆垣、灰色屋頂，以及能透過大門瞥見的眾多庭園。她試著提醒自己，她只不過是一尊在亡者的操控下四處漫走的人偶，但那股靜謐似水一般流淌於她周身，使她迷失在從未有過的諸多思緒裡。他們在其中一間寺院的入口前停下腳步。她看見右側一塊牌子上寫著「Kōtō-in（高桐院）」。對面一條短短的石板小徑兩側是竹造護欄與松樹，樹的後方可見赭紅色牆垣；盡頭左側是一座頂著灰色屋瓦的弧形門廊；在這明顯只是前奏的空間中，誕生了一種恍若置身世界邊緣的感受，飄蕩著屬於另一個世界的芬芳。

玫瑰踏上那條小徑。

松樹的樂音以宗教般的肅穆將她團團包圍，以充滿尖爪的枝椏與末端柔軟的彎曲枝幹將她淹沒；空中飄蕩著一股聖歌般的氛圍，世界變得銳利，她失去了時間感。雨再度落下，細細地，規律地。她打開她的透明雨傘——在她視野邊緣，有什麼躁動著。他們穿越門廊，再度右轉，一條小路現蹤。又長又窄的小路兩側種著山茶花叢，竹欄杆下是清亮的苔蘚，苔蘚後方圍著高大的灰竹，小路上方可見圍攏成拱的楓樹，前方則通往一座頂上長著綠苔的大門，那兒種植著鳶尾花，鋸齒狀的楓葉翩然落下。玫瑰心想，這小徑事實上已不只是一條小徑，它本身便是一場旅行——這條小徑將通往終點，抑或起點。他們走入小徑，如同第一天時，她再次被痛苦籠罩，在這古老的苦痛之中，從虛無當中掠奪的喜悅碎片閃耀著光輝。又轉了兩次彎後，他們來到寺院入口。沿著通道行至一道位在大片苔蘚上方的長廊時，玫瑰覺得自己彷彿回到家了。那兒有更多的竹子，更多的楓樹，一盞石燈籠，但最重要的是那自由揮灑的空間設計，那充滿彈性的布局擺設，茅草屋頂與樹木彷彿在風中嬉戲。她心情輕鬆地呼吸著，心中滿溢著**可能**，彷彿被一道美妙的透視線帶向遠方——更加自由、充滿未完成的可能、生氣勃勃。服務生端來一碗冒著泡沫的綠茶，她遲疑地端詳著它。

「抹茶。」保羅看著她說。

見她猶豫不決，他又說：

「喝吧，生命就是用來嘗試的。」

她勉強將碗湊至唇邊。樹葉、青草、浮萍與水田芥等綠色植物的味道襲來，將她帶至一片屬於山巒與稻米的大地——在這片土壤之上，所有事物的糖分與鹽分均被抽離，僅留下一股毫無稜角的滋味，一股什麼都沒有的滋味，一股濃縮了太古時期的森林的滋味。什麼都沒有的味道，包含一切的味道，她想著。這國家會要了我的命。

「這國家會要了我的命。」她說。

他笑了，她不知道這是出於贊同抑或嘲弄。她覺得自己彷彿漂流於某種感受之中，她試圖確認那是什麼。

「有某種屬於童年的東西。」她說。

「您不喜歡嗎？」他問。

「我看不出童年有什麼好的。」

「但誰都無法擺脫童年。」

「您總是唱著這種論調。所以就一定得屈服嗎？」她說。

「這不是屈服。我只是試著釐清什麼是失敗，什麼是明智審慎。」

「失敗？」她問道，「若真是這樣，那勝利又在何方？」

他環顧四周。

「生命就是轉化。這些庭園，是轉變成為喜樂的憂鬱，是蛻變為愉悅的苦痛。您在這裡觀看的，是由地獄變成的美。」

「沒有人活在禪風庭園裡。」她反駁道。

他們經由那條美妙的小徑離開寺院，再度回到松之前庭。她想起銀閣寺那宛如受到劍鋒精準切割的庭園；想起方才參訪的高桐院庭園，那靈活的呈現方式與無憂的氣息——接著她想起自己漫步於銀閣寺的庭園時，亦猶如行走於童年家鄉，於是她領悟了：每個人心中都懷抱著一份純真，以及一片利刃，人們都是一邊行走於地獄屋脊之上，一邊欣賞著花木。幸福之純真、欲望之殘酷，在這二者之間反覆來回地擺蕩，便是生命自身。她站在原地凝視松樹。雨再度落下，這次雨勢較大，他們撐起傘。

之後，司機放他們在一座橋畔下車，這是她昨天步行穿越的那道橋。雨停了，保羅將雙肘撐在橋邊，望著北側的山巒。深藍色的山巒襯著暗灰色的天空，山對著一道看不見的拱穹吐出大片大片煙霧。他們背後的人潮熙來攘往——出門玩樂的年輕人、遊客，還有尋常的忙碌男女，他們的人生在玫瑰眼中顯得既殘酷又難解。一名舞伎匆匆超過他們，她的眼神嚴肅，顯得心事重重。

「三条大橋總使我心破碎。」保羅看著那名舞伎說。

玫瑰端詳著那名女子白皙的頸項，想像她的祕密人生、夜間的泣聲。

「這不是我寫的句子，是惠輔寫的詩。」他又說。

**三条大橋總使我心破碎**
**如柔軟米粒轉化**
**舞伎頸項白粉**

她跟著他走到她曾進去過的那條商店街，但這次他們向左轉，走到一間裡頭有著長長金黃色吧台的餐廳。保羅向女服務生打過招呼後，便繼續往餐廳深處走去，來到一個只有一張大桌子的空間。如絲般輕柔的光像一陣氣息環繞著他們，玫瑰看著光，感受光之微風，感受它輕撫著她的視覺與肌膚。在由一連串精巧而特殊的精緻小菜織就的午餐當中，他們保持靜默。最後，保羅點了兩杯咖啡，她想說說話。

「今天上午的茶幾乎沒有味道，卻又包含了所有味道。」她開口說。

「這句話很適合用來定義日本。」他說。

她認同他的想法。

「外婆說，任何事都能輕易壓垮我母親，她說我母親將人生視為一塊花崗岩、一塊過度沉重的物體。」

「京都西邊有一塊皇族領地，叫作桂離宮。」

他閉口不語。

「然後呢？」她說。

他沒回答，靜靜思考著。

「入口處，庭園與水塘的景致被一棵松樹擋住了，無法一眼看透，」他再度開口說道，「或許人生只是我們從一棵樹的後方凝望的一幅風景。生命向我們展示的是它的整體，但我們卻只能斷斷續續地透過不同角度來感知它。憂鬱使人盲目，生命中的一切都能將你壓垮。」

她將那些滲透內心的影像驅趕出去，專心想著高桐院的樹、環繞著樹根的苔蘚、枝葉、枝椏間一只迷路了的燈籠、燈籠上揮灑的筆墨。她將注意力集中於那書法、那靜默的文字。她心想，這些植物困於土地之中，卻能賜予生命，它們的形影述說著扎根與翱翔、沉重與輕盈、身陷囹圄卻依舊能夠行動的力量。接著陰鬱的心情再度佔了上風。

「生命最後總會壓垮我們。」她說，「既然身陷桎梏，嘗試又有什麼用？」

「試了又有什麼好損失的？」他問道，「光是活著這個事實，就已經冒足了所有危險。」

再度於父親家中獨處時，玫瑰百無聊賴地走在自己的房間與楓之廳之間。沿著走廊排列的門扉召喚著她，但當她朝其中一扇門伸出手時，一種彷彿褻瀆了什麼的感受阻止了她。她想起橋上那名舞伎的肅穆眼神，於是面對著楓樹的玻璃亭坐下。她的思緒飄移著，時光流入凝結不動的冰封之中。她突然心想：我好怕。一個影像自虛無之中浮現。那是什麼時候的事？她這樣問自己，同時再度看見那朵新鮮的花冠，擱在輪廓模糊的植物圖鑑旁。山楂花的花瓣輕柔地顫動，她看見自己正抄寫著筆記；這個回憶的背景畫面，若隱若現。她在內心深處某個角落撫摸著花朵。**我正在念書，學習植物學**。她試著回想這回憶片段的確切時間，而這嘗試如此無用，連同她過去所有徒勞無功的嘗試一起打擊著她。畫面轉為另一幅影像，在裂了縫的記憶屏幕後方，她看見了母親的笑顏。在回憶的震波之中，母親的笑容顯得比往昔更加真實，更像真的笑容。這場顯靈多麼諷刺啊，玫瑰不禁苦笑起來。那笑容在這三十五年來出現過幾回？她苦悶地自問，接著一切突然顯現——寶蘿的料理、桌上的鮮花與卡片，穆德站在玫瑰面前對她微笑。光輝閃耀、擺脫陰影的穆德笑著問玫瑰：這是山楂花嗎？玫瑰自問：那時我幾歲？二十歲？——一百歲，想必是這樣吧。接著她又自問：哪種訣別比較難呢？悼念我們已然失去的，抑或哀悼我們從未擁有過的？此時，她突然想到桂離宮那棵使人無法一覽生命全貌的松樹，她心想：我不害怕失敗，我害怕成功。

# 六

京都有座人氣鼎盛的寺院，它雖無城內那些輝煌寺院的盛大之美，但人們傾心於園內栽植的兩千株梅樹，二月接近尾聲的日子裡，全城皆來此處遊覽賞花。儘管如此，才華熠熠的詩人小林一茶，卻只在梅樹依舊只見黑色枝幹之時來到此地，此時枝頭上仍不見將在四周散發香氣的梅花。第一朵梅花一旦現蹤，他便離開梅苑，而他的同輩都前來欣賞梅花在冬日枝椏上燦然盛放的奇景。偶爾，當有人擔憂他因這癖好而錯失一年之中最美的花景時，他便笑答：我已在空無一物之中等候多時，如今梅花已在我心。

# 梅之花在我心

玫瑰的母親穆德自幼便鬱鬱寡歡，成年後無論她做些什麼，她都以令人欽佩的毅力堅持著這份憂鬱。時間以雨水洗滌生命，時間為生命帶來晴日，明月輝耀光芒，而穆德始終留在陰暗之中。她深陷於她的哀傷之中，如同一隻狐狸窩居於洞穴之中。她若離開洞穴走進森林，最後終究還是會回到洞裡。穆德的母親寶蘿想盡辦法要改變她，卻始終無力推翻那道堅石峭壁。過了一段時間，心碎的寶蘿疲於對抗，放棄了。韶光流逝，歲月浸溺於灰暗之中，穆德工作、旅行、返家，恆久不變地回到她那座哀傷的城堡之中。當她自京都返回，腹中懷著一名她已然拋棄的男人的孩子時，寶蘿被擊垮了。寶蘿要穆德保證孩子出生後能和父親相認，卻出乎意料地引燃穆德的怒火，這是穆德唯一一次在她那寧靜無波的憂鬱之海中掀起浪濤。

玫瑰出生了，她的名字是寶蘿取的，寶蘿喜愛花卉，希望外孫女能親近它們。不久後，穆德不再工作，鎮日坐在客廳，面對著窗玻璃，卻不看窗外的丁香花。有時穆德會哭泣，卻不是真的因為傷心才哭泣，就像她面對所有事情時一樣——此時寶蘿會將玫瑰帶至花園，雖然她不確定自己是否真能保護玫瑰。然而，十年之間，寶蘿屏氣凝神，試圖相信奇蹟；事實上，玫瑰是個迷人的孩子，喜愛閱讀，喜歡探索新事物，每日笑口常開；然而，在未曾聽見母親的泣聲十年後的某天晚上，那淚水如今轉而擊倒玫瑰。寶蘿曾經寫信給一個名叫「上野陽」的男子，他的名字和地址寫在一封他寄給穆德的信中。寶蘿的信中有一張照片，那是玫瑰性情驟變前的最後一張照片，照片背面只有寶蘿的簽名。不知他是否收到信了？不知他是否曾經不顧一切試圖回信？這困惑久久縈繞玫瑰心頭。

寫給穆德的信中，上野陽只寫道：**我會尊重妳的心願，不會試圖和女兒見面，妳別擔心**。玫瑰慶祝二十歲生日那天，寶蘿發現玫瑰已經讀過那封信了。「那是什麼時候的事了？」寶蘿這樣問，但內心早已知道答案。「妳就這樣沉默了十年？」寶蘿又問。玫瑰點頭，並就此不再作聲，又繼續沉默了十五年。十五年後的六月，一個夜裡，穆德在口袋裡塞滿石塊，走至河畔，欣賞如鏡像般倒映在靜謐河水中的樹影之後，在絕美的靜默之中投水自盡。

「結果也不過就這樣而已。」玫瑰憤怒地說。

「現在，妳可以去見妳父親了。」寶蘿輕聲說。

「要的話我早就去了。」玫瑰說，「那封信又不是寫給我的。」

接下來，震耳欲聾的沉默再度籠罩她們的人生。兩年後，寶蘿也過世了。當天晚上，玫瑰和她當時的情人做愛，她感受到一股殘酷的無動於衷，以致她並未意識到他自她身上抽離，沒聽見他離開房間，隔天甚至不記得她曾經讓他上她的床、進入她的身體、造訪她變得蒼白無力的生命。就這樣過了幾個月，她不再認得自己。挫敗感之中誕生了某種形式的慰藉，她不再企求幸福；對幸福的欲求早已如此微弱，無望的等待已持續太久，如今只能有氣無力地屈服。三年的時間就在這無形的麻木之中茫茫流逝。最後，她搭上一班前往京都的飛機。

她醒在雨聲中，醒在不幸的愁思裡。雨水的聲響使世界顯得遙遠，彷彿世界正逐漸消逝。她來到楓之廳，發現楓樹沐浴著奇異的光芒。在這閃耀著驟雨之光的幽暗之中，屬於喜樂的碎片泉湧而出。

佐世子走出廚房。

「保羅先生快到了。」佐世子說，「玫瑰小姐喝茶？」

「請給我咖啡。」她回答。

她想留住佐世子，問她是什麼人，為什麼會說英語。佐世子察覺玫瑰的躊躇，於是在原地站了一會，但玫瑰什麼都沒說，佐世子便回廚房去了。她回來時端著紅色的咖啡杯，杯緣有著不規則的形狀，像虞美人一樣精緻嬌嫩。玫瑰喝咖啡時，佐世子盯著她看。

「玫瑰小姐，好美。」她說。

訝異之下，玫瑰放下咖啡杯。日本人總是覺得西方人很美，她想著。

「日本人總覺得西方人美。」她說出聲來。

佐世子笑了。

「不總是。太胖。」

玄關傳來門滑動的聲音。

「我記得玫瑰小姐的母親。」佐世子說，「非常悲傷。」

保羅走進楓之廳時，佐世子離開了。

「這次我們要去哪呢？」玫瑰問道。

「真如堂。」

「我一定猜不到吧：是一間佛寺嗎？」

「是一間佛寺。」

坐在車內時，玫瑰覺得她的人生和灰色街道構成的透視線合為一體。

「雨還會下很久嗎？」她問道。

「會下一陣子，但等到又恢復夏天的暑意時，您會想念雨的涼爽。」

「這裡的氣候真掃興。」

「我們習慣了。」保羅說。

「日本這國家，人們受了許多苦，卻絲毫不在意。」她想起這句話。

他似乎很訝異。

「這是您的朋友蓓詩・史考特在我來到日本的第一天時對我說的。」

「蓓詩眼中的日本很浪漫。」保羅說，「她是活在禪風庭園裡的那種人。」

車子停在一條石板小徑前方，小徑通往一道紅色大門，進門之後向上走，便會抵達寺院，旁邊是暗色木頭建造的寶塔。雨停了，他們下車時沒帶傘，迎面撲鼻而來的是潮溼土壤與未知花卉的香氣。玫瑰踏上小徑之後，又轉過身來，覺得後方有人；然而，一個人都沒有。稍遠處，寬敞的寺院中庭空無一人，但那股感受更加強烈了。**我們在這裡並非孤身一人。**她對這些不可見的、沉默著的生命一無所知，它們的存在感以一種嶄新的光輝覆蓋世界，她因而感覺自己彷彿在時間的厚度之中漂流。她看看環繞四周的楓樹與木造寶塔，看著棲身於這座孤山之上的龐大暗色寺院，既無遊客，亦無訪者。伴隨他們、環繞他們、將他們引至祕密棲身地的神靈來自何處？於此同時，她亦覺察某種**狡黠**之物；一切都毫無意義，一切卻都又滿溢著意義；這是個什麼地方？她想著。

「這是什麼地方？」她問出聲。

「這是陽每週都會來散步的寺院。」

「這裡人好多。」她說，心知自己在胡說八道。

「這裡是神靈之地。」

她心中迸發一陣狂怒，連自己都嚇了一跳。

「總是這麼做作，這麼愛說教，您不覺得夠了嗎？」她問。

他被惹火了，這是第一次。

「您完全沒給我機會用其他方式和您相處。」他說。

「您是一名死者的走狗，所以您才會這麼枯燥乏味，這麼死板。」她繼續說道。

「我負責執行一名我很景仰的人的遺囑，我應他的要求，帶他那討人厭的女兒從一間寺院蹓躂到另一間寺院。這樣您開心了嗎？您要我陪您玩這場憂鬱症病患充滿攻擊性的無聊遊戲是嗎？」

他就這樣把她丟在原地，走了。他沿著寺院右側離去，消失在她的視線中。她文風不動地站了好一會，為自己的愚蠢感到生氣，氣自己傷害了他，但同時也鬆了一口氣，因為他終究是個普通人。「最好真的這麼偉大。」她高聲說，然後笑了。她知道自己會向他道歉，想到這一點，她的心情就好多了。此地神靈的淘氣之處讓她著迷。「你們究竟是什麼？」她再度出聲說道，「是Kami嗎？還是幽靈？」她走上剛才保羅離去的那條小路，置身於寺院後方由楓樹枝椏交織而成的拱廊之下。楓樹之廊沿著高牆往右側延伸，無可救藥的雅緻。她遠遠看見前方有一些墳墓，心想：一座墓園，就只差這個了。

她屏息走在墓地、燈籠與南天竹之間。有些石頭雕成了沒有面孔的人形，細長的木條在風中劈啪作響；這些圍繞著墳墓的木條寫滿了字，墳墓有著簡單的石造基座，上面立著較窄的石碑；有些已被歲月侵蝕，被地衣覆蓋。石碑兩側是當季花卉，插在以相同石材製成的窄瓶中。四處都是如波紋起伏的苔蘚，閃著微藍的柔美光澤，石燈籠如翼的頂端則為這個空間增添一抹狡黠的氛圍。在亡者的靜默之中，生命延長拉伸，一切都同時閃爍著光芒。高大的常綠樹木在風中颯颯作響，此外，還有某種別的事物亦發出聲響，在未知的魔法閃光中，在墳墓的石碑中，在寺院中，在發出聲響的細長木條中，在烏鴉的啼叫聲中。烏鴉在屋頂上空緩緩盤旋，玫瑰喜歡牠們那不和諧的啼叫聲——像是快要碎裂，卻又如此平靜。她心想：是這樣的一個地方啊。她繼續向前走，發現自己身在一座丘陵的高處。右方是在盆地中延伸的京都市區。路的盡頭是一道寬敞階梯，沿著階梯往下走，便是其他墓園與寺院。保羅坐在這道階梯的最高處，凝望著京都，等待著她。她在他身旁坐下。

「我很抱歉。」她說。

「您才沒有。」他回嘴，「您是個專業的討厭鬼。」

他笑了。

「這樣也好，我已經厭倦當個善體人意的人了。」

暮色漸深，市區另一邊的西側山巒也逐漸隱沒，微微閃著光芒。雲層中落下一道黯淡閃電，被驟雨淋得發亮的一片片寺院屋頂閃耀著波光。白日將盡之時，這現代都市的醜陋不再讓玫瑰感到震驚。眼前看不見摩天大樓，水泥建築的高低起伏盡皆抹消，融為一體，看來有些悲傷。保羅起身，她跟著他走下階梯。風停了，空氣暖和潮溼，她感覺自己在兩旁眾多神靈的包圍中拾級而下，走過許多悄然消逝、不留一絲記憶的年華歲月。快走到階梯最下方時，他們向左轉，走上一條短短的小路，路的盡頭通往一座寺院的後方。保羅在此於一座墳前停下腳步。

「我們現在在黑谷寺*，」他說，「這裡葬著克拉拉的骨灰、惠輔的兒子信的骨灰，以及陽的骨灰。」

她看著父親的墳。

「我應該要有什麼感受？」她問。

「我毫無頭緒。」他回答。

她看著階梯上方。

「這個地方很特別，但我說不出理由。」她說。

她心中有什麼如蜻蜓般震顫著。那些無法言說、存在於此的事物、南天竹，以及快活的石頭，它們一同完成了一項特別的神聖儀式，她一時感到頭暈目眩。一陣旋風誤闖夜的寧靜，使她一驚。她打起哆嗦。那墳墓對她而言陌生之至，卻拋出不可見的釣餌，企圖引她上鉤，這一切儘管無聲無息，她依舊看出隱藏在此時此刻的平淡無奇之下的變化——她心想，這絲毫不值得驚嘆，除非我長出腮來。驟然之間，她跪到地上，以掌心碰觸墳前的潮溼土

＊譯註：金戒光明寺的通稱。

壤。**材質**。我的父親長眠於此，她心想。她起身。一切皆未改變，一切皆已**變遷**。她感到空虛，感到精疲力竭。她看著保羅。他正在哭泣。

他們離開墓園，沿著靜謐的街道走下山時，下了一場短暫的驟雨。黑暗之中，寬渡在車子前等著他們。玫瑰陶醉於土壤帶來的感受之中，空間膨脹擴張，空氣中飄揚著紫羅蘭的香氣。保羅閉口不語，但他們之間有一股全新的親密感——這比性愛更棒，她心想。她在車內握住他的手片刻。他回握。他沒看她。

他們在餐廳裡繼續默默相對了一會。這裡是酒吧餐廳，可以邊飲酒邊配一些油炸食物。不同角落的明暗互映，讓物品與人們的臉龐染上輕輕搖曳的溫暖虹彩。在一方打了燈的壁龕之中，光點漫舞於一束精心擺設、無葉無花的樹枝之上。清酒延續了兩人之間的親密感，玫瑰覺得自己輕飄飄的，醉了，但又並未太醉。

「沒有花。」她指著壁龕的花瓶說。

「梅樹樹枝。」他說，「比起櫻樹，日本人更愛梅樹。」

「但現在不是花季。」

「那樹枝或許是想向小林一茶致敬。他只在花開之前造訪梅園，當有人問他緣由時，他便回答：梅花在我心中。」

她喝了一口幾近白色的冰涼清酒。

「今天的行程原本不包含墓園。」她說。

他擱下酒杯，深思地看著她。

「陽並未要求您帶我去墓園。」她又說。

「我不常去黑谷寺，」沉默一會後，他終於開口，「在那兒時，我想著的不是我已逝的故人們，而是他們的葬禮。」

**我已逝的故人們**，她在心中重複這幾個字。我有能夠如此稱呼的對象嗎？

「事實上，最難受的，並不是在沒有她的情況下感受到快樂，」他繼續說道，「最難受的，是轉變，變成不再是當初和她在一起時的那個人。」

「您覺得自己背叛了妻子嗎？」玫瑰問道。

「我覺得背叛了自己。」他回答。

走出餐廳時，天空暫時清朗。在雲層敞開的斷面之中，閃耀著巨大的月，微帶紅光。

「我們離家不遠，」他說，「您想散散步嗎？」

他請寬渡先回去，兩人走上月光照耀的河岸，與野草擦肩而過，那草彎曲的姿態宛如芭蕾舞者。幾名散步的人路過，面容被月光照得輝白，天氣微涼，保羅將自己的外套借給她。他陷在自己的思緒裡，她走在激昂狂熱的狀態裡。墓園並不陌生，父親的墳召喚著她，她感覺得到死亡的作用在她心中發酵，卻並非無法忍受；然而，死亡化作一個圓，輕盈愉悅的神靈、模糊不清的熟悉身影都兀自進入圓中；她憶起那座空無一人的寺院，真如堂的回憶覆上一層銀光熠熠的薄膜，在這事後回想的時刻，那些不可見的事物現出原貌。魔鬼啊，她輕聲呢喃：噢，歡樂的魔鬼啊，像從前那樣來找我吧——她微笑，對這突然憶起的往日寓言微笑。他們抵達陽家，保羅在拉門前和她道別。她很想留住他，但他後退一步，對她微笑。明月消失在雲後，保羅離開了她的視線，她聽見他關上門，踩著平穩而破碎的腳步遠去。

夜裡，她夢見自己和父親漫步於梅園，不遠處是一座深色的木造寺院。走在他們背後的，是她童年故事中的惡魔。一朵極致美麗的花，花瓣如鑽石迸射亮光，花蕊如淺色墨痕，陽在這朵花前對她伸出手說：妳將會承受風險，去受苦，去接受遺贈，去面對未知、愛、挫敗與轉化。於是，正如梅花在我心中，我的生命亦將完全移轉至妳心中。

# 凝望繁花

# 七

中世紀末日本幕府時期，某年寒冬冰封了列島的河川，動物們因而無法飲用河水。二月一個清晨，一名小男孩走出家門，看見一隻雪貂。溫柔地相互凝望一段時間後，小男孩問道：你渴嗎？雪貂點頭，男孩帶雪貂來到一叢在夜裡鑽出凍土的紫羅蘭旁。他對牠說：就著花喝吧，於是雪貂渴切地舔舐那些淡紫色的細小花梗。而今，我們對這個男孩知道些什麼呢？事實上所知無幾，但我們知道他將會成為茶道的創始人之一，並在某天寫出一首關於凍土中的紫羅蘭的詩。

# 凍土中的紫羅蘭

玫瑰醒來，看向窗外。山坡霧氣籠罩，大片薄霧在一吞一吐之間，裊裊升上清澈的天空。雨已停歇，濃郁的土壤香氣自河流傳來。她想著：保羅。接著她又想：我什麼都抓不住。

楓之廳中，佐世子端上早餐，她身上的黑色和服以銀線繡著紫藤花。

「保羅先生今天，在東京。」她說，「玫瑰小姐去寺院，和寬渡先生。」

「在東京？」她問，「這是先前就計畫好的嗎？」

「非常重要的客戶。」佐世子說。

「他何時回來？」

「後天。」

玫瑰心想，她被拋棄在路旁了。屋外一隻烏鴉的啼叫聲惹怒了她，她不耐煩地起身回房，拿著蓓詩·史考特的名片回來。

「可以打電話給她嗎？」玫瑰問道。

佐世子珠玉般的清脆尾音加深了她的失落感，她粗暴地接過電話。

「您今天有空嗎？」她問蓓詩。

「下午可以。」蓓詩回答，「我來轉告佐世子見面地點。」

佐世子接回電話，聆聽、掛斷，非常低調地噘嘴表示不認同。玫瑰壞心眼得意地想著：佐世子不喜歡蓓詩。

「我不會去寺院。」她說。

「會。玫瑰小姐要去。」佐世子心平氣和地說。

玫瑰很想回她**下地獄吧**，但還是作罷。她走出屋外，穿越庭園，院子裡的杜鵑被雨打得零零落落，看來煞是淒慘。她用力關上車門。駛向東方山巒的路上，她只低頭看著自己的手。寬渡停下車子對她說「這裡是南禪寺」時，她下車，再度用力甩上車門，怒氣沖沖地走了幾步之後，一個踉蹌。她背後的寬渡再度開口：「寺院，那邊。」她轉身，只見他指向一條林蔭道的入口。

這地方真令人驚嘆——四處都是寺院、樹木、苔蘚、有著飛簷的高大門廊。她向前走至一座高大的入口，這道二重門有著灰色屋瓦，二樓設有紙糊的日式拉門。從這兒能看見楓樹枝椏和遠方的寺院，淡白色的煙霧自寺院前偌大的香爐裊裊上升。風吹拂著，竹子窣窣作響，空氣中帶著雨的氣息。她爬上階梯來到由高大門柱支撐著的大門前，門上開著兩道巨大的方形入口。她進門來到另一側，覺得自己彷彿穿透了一道隱形的屏幕，她邁步走至一座銅鑄香爐前。焚香使世界的質感變得稠密；她穿越焚香的香氣，感受它們的印記顯現。她右轉走上主要通道，來到南禪寺的入口。寬渡在她身後現身，付了入場費，遞給她一方紙片，然後再度消失。外牆之潔白使她訝異，木造走廊的陰暗亦讓她吃驚。穿過幽暗的前導空間後，她再度進入光明，那裡有什麼使她愕然啞口。**這是我第一次真的看見**。她坐在地板上，久久凝視著這方由植物與沙粒構成的矩形空間。四周環繞著走廊以及頂著灰色屋瓦的牆面，牆前方的灰色沙地沿著矩形長邊耙出平行的直線與曲線。後方的圍牆前是等距排列的四棵樹，宛如潮浪的大量綠苔、古老石頭、幾叢杜鵑，輕拂著樹根。在她見過的所有庭園當中，這裡最為樸實，並且以最奇異的方式**總結時間**。這座庭園彷彿歷經了一場穿越不同地質時代的時空旅行後又回到此處，然而一切都是活生生的——這是一場靜止的運動，既寧靜澄澈，又不斷振動，她心想這就是事物最絕對、最純粹的臨在，世界的最終講堂。要經歷多少世紀，才能成就如此全然的臨在？她抬頭凝望——沙、苔、木、牆、瓦，層層疊疊；更遠處，是懸在山丘上的樹木，如雕塑品般整齊排列，最後直聳伸向如墨的天空。她看見這建築活生生的靈魂，那瞬息萬變的本質與完美——「完美。」她說出聲。她想起保羅，心頭一震。過了一段時間，她前去探索其他廊道，卻覺得那些附設的小庭園平凡無奇，於是又回到最初的景致前，再度神迷其中。離開時，她心碎欲裂。「我會回來的。」她再度說出聲。

她在小停車場和寬渡會合；她覺得自己煥然一新，宛如無機礦物。他鎖上車子，指著下方的街道說：「現在，去吃飯。」「吃什麼？」她問。「豆腐。」他答道。她隨著他沿著一間又一間的小寺院向前走，寺前都有著小巧的庭園，樹木姿態宛如揮灑的書法筆墨。他們在稍遠處穿過左側一道門，走上一條散步道，路的一側種植著楓樹與綠苔，另一側是一間寬敞的榻榻米餐廳，能透過毛玻璃隱約看見室內。服務生讓他們脫鞋坐在座墊上，面前是架在暖爐上的桌子。「菜色，只有一種。」寬渡說。方塊狀的豆腐表面塗了一層綠色醬汁，她一口咬下，被青草與黃豆的滋味嚇了一跳，然後不自覺地笑了；寬渡不為所動，服務生再度為他們添上焙茶，但她其實比較想來杯啤酒。「現在，去見史考特太太。」他說。她跟著他回到車上，看著街道漫漫流動，卻又什麼都沒看見，他來為她打開車門時，她又嚇了一跳。「史考特太太，在裡面。」他指著一間掩著短布簾的店面說。

南禪寺持續發揮著影響，那礦物本質如紗一般將她包覆，有什麼正飄移著，有什麼正化作液態。她穿過四片印著漢字的褐色布簾，進入後方的玻璃門，走進茶屋。這是一座有著深色壁面的古老屋舍，屋頂和大門鋪著灰色屋瓦；屋內是如夢的木造空間，充滿歲月痕跡的木架上放著古老茶甕，甕上綁著橙色流蘇繩索；一群看來專業的年輕女子熱情地向玫瑰打招呼，她們身穿淺色工作衫，圍著綠色圍裙，頭上戴著宛如修女帽的白色頭巾。面前懸掛在天花板上的文字，大概是標示著「茶葉販售區」。一道L形櫃台區隔了室內空間，後方一幅巨大的書法作品懸吊在內側的工作間上方，裡面的人們正忙著包裝、秤重。右側的玻璃櫥櫃打了燈，展示著茶具、茶盒，和一只珍貴的茶甕，應該價格不菲。突然有人走過來對玫瑰說英語，她嚇了一跳。年輕女子的白色頭巾靠玫瑰太近，讓她心神不寧，她聽不懂對方說的話。

「お客様，需要幫忙嗎？」年輕女子以夾雜日語的英語再度重複一次。

「噢，」玫瑰以英語回答，「請問，茶室在？」

年輕女子微笑，向玫瑰指著室內深處，以手示意她右轉。蓓詩．史考特倚著沙牆，讀著書等候玫瑰。茶室的桌子以及賦予這老屋古舊光澤的木牆，都取自相同古木。顏色較淺的隔牆有著鏤空的垂直線條設計，為室內增添一抹現代感。奇怪的是，這些具現代感的元素與吧台後方的鑄鐵茶壺和竹製器皿結合後，卻讓人覺得時間有所延伸，使人重新感受到某種已然消逝的熱情。茶室的一側是和玫瑰房內相同的窗戶，可看見窗外的街景；另一側的落地窗則面向一幅微縮版的植栽景觀：一棵楓樹、一株蕨類、幾叢杜鵑。

蓓詩．史考特抬眼望向玫瑰。

「啊，您好您好，」她說，「很開心能再見到您。」

玫瑰坐下，蓓詩又接著說：

「準備好來一場神祕的體驗了嗎？」

茶室中，在朦朧的柔光之下，蓓詩的臉顯得溫柔，幾乎如絲一般光滑。

「我們在什麼地方？」玫瑰問。

「在城內唯一一間提供濃茶的茶屋裡。」

她們觀察著對方。

「您一路走來，有些不同了。」蓓詩說。

一名服務生朝她們走來，蓓詩以日語點餐，玫瑰覺得她說的日語非常美妙。圍著綠色圍裙的年輕女子以手掩口，笑了，離去時踩著摩擦地板的小碎步。

「我剛從南禪寺過來，」玫瑰說，「我父親安排我去一間又一間的寺院閒逛，我猜，所謂的一路走來大概就是這樣吧。」

「南禪寺不是最美的寺院，」蓓詩說，「但它總讓我有點想哭。」

「聽說您活在禪風庭園裡。」玫瑰說。

「是保羅這樣告訴您的嗎？」蓓詩笑著問。

聽見保羅的名字，玫瑰臉紅了。

「您是怎麼認識我父親的？」

「我是他的客戶，但我們也是朋友。」

「您是做什麼的？」

「各式各樣的工作。我是寡婦，我有錢，我喜愛京都，每年都會待在這裡九個月，除此之外沒什麼好說的。」

可說的事可多了，玫瑰心想。

「我母親五年前過世了。」她說，「當時，我以為我父親會和我聯絡。」

「五年前？」蓓詩說，「五年前，陽生病了，他的病程漫長又殘酷。」

「這裡好多人生病。」玫瑰說。

「您指的是克拉拉？」蓓詩問。

服務生為她們送上和菓子，放在蓓詩面前的是綠色的長方形糕點，玫瑰的則是白色的圓形糕點，甜點旁放的不是一般叉子，而是小竹叉。玫瑰的盤子點綴著斑斕的棕色與灰色條紋。

「吃吧，」蓓詩說，「先墊一下胃比較好。」

玫瑰笨手笨腳地使用小竹叉，被糕點的柔軟質地打敗。糕點內餡是紅色的糊狀物，嘗起來很甜，和無味的外皮形成絕妙反差。

「她是怎樣的人？」她問道。

「克拉拉嗎？她很風趣，腳踏實地，很隨和。保羅則是神祕而複雜的人，克拉拉是他和現實生活的連結。他們在一起時，總是歡笑不斷。她真的很愛他。」

玫瑰放下小竹叉。

「保羅這十年來都在照顧病人。他的人生只為了這些病人、他的女兒，以及工作而活。」

「克拉拉過世後，他的生命中就沒有別的女人了嗎？」

「是有過一些，但我不會說她們是他生命中的女人。」

「東京的女人嗎？」這問題一問出口，玫瑰便後悔了。

蓓詩．史考特以持平的語調回答道：

「她們不重要。」

我把自己搞得很可笑，玫瑰惱怒地想著。

「克拉拉的葬禮是我參加過最悲傷的葬禮，」蓓詩再度開口說，「當時安娜才兩歲，保羅之所以沒有倒下，全是因為有安娜在。如果沒有安娜的話，我想保羅早就跟著克拉拉去了。他身在地獄，在他身邊的我們儘管哀痛，卻無能為力。」

玫瑰心中閃過一抹直覺。

「他為什麼會跛腳？」她問道。

「這是只有他才能回答您的事。」蓓詩回答。

服務生端來兩碗茶，將放著茶的托盤擱在隔壁桌上。她將第一碗茶放在掌中轉動，接著將它放在玫瑰面前，鞠躬。美麗的淺褐色茶碗，飾有雅緻的白兔圖案。玫瑰很喜歡這只茶碗，而第二只茶碗則令她驚豔——那不規則的外型，那明亮透明塗層上的灰色裂紋，那歷經淬鍊的樸實本質，那魯莽不羈的狂放傷痕。

「這種裂紋燒窯技術傳自北宋，」蓓詩說，「很美吧？在極簡之中、在全然難以預料之下，生出了複雜性。」

茶碗底部有一團深綠色的糊狀物，散發出幾近螢光的光芒。玫瑰晃動手中的茶碗，碗底的糊狀物凝滯不動。

「這能喝嗎？」她問。

蓓詩點頭。玫瑰嗅聞碗中物，憶起高桐院的茶，那來自於「無」的力道、那全然的力量；她像縱身跳入冰水般，喝下手中的茶。苦味揪住她的胃，接著她嘴裡立即湧現水田芥、蔬菜、草地的味道——我喜歡這滋味嗎？她自問。一切都變得銳利，她喉嚨中湧現廣袤綠色植被的滋味。

「這是茶道儀式中最先端上的濃縮抹茶，」蓓詩說，「現在就要送上來的第二杯茶會清淡許多，它是藉由將熱水倒入碗裡剩餘的抹茶糊沖製而成。」

玫瑰盡可能地將殘餘的糊狀物舔乾淨。有什麼將她帶回了南禪寺，再度將她置入時光的厚度之中，回到失落了的原始自然狀態。服務生前來收回茶碗，玫瑰不想再碰甜品，只渴望那如刀鋒般銳利的苦味，讓它帶她啟程前往那遭到遺忘的國度。

「昨夜，我夢見一座大寺院，寺院前方有一座梅園。」她說。

「或許是北野天滿宮。」蓓詩說，「位在今出川通的西段。每年二月，所有人都會去梅苑賞花。」

蓓詩指著茶碗。

「十六世紀末，當時的掌政者在北野天滿宮舉辦過史上最盛大的茶道儀式之一，主持儀式的是茶道的三位創建者，當中包括千利休*。據說與會賓客高達數千人。」

此時，玫瑰突然想起保羅。她搖搖頭，試著拋開思緒。

「您有子女嗎？」她問。

蓓詩無視她的提問。

---

*譯註：一五二二～一五九一，日本茶道宗師，被尊為一代茶聖。他認為透過茶道最有助達到「侘寂」之境（「侘」為簡樸，「寂」為欣賞殘缺），此一思想影響後世哲學、文學、建築與室內設計等方面至深。

「大夥得知您的存在時都非常震驚。」蓓詩說，「葬禮時必須向半個京都的人說明您的存在，而且那時保羅還讀了陽寫的信。」

「信？」玫瑰說。

一陣沉默。

「我想，公證人會將那封信交給您。」蓓詩終於這樣說。

「一切都在我不知情的情況下決定了。」玫瑰輕聲說。

蓓詩笑了。

「人生就是如此。」

第二碗茶送上來了，味道和高桐院的茶相仿，但有著更加上乘的細緻芬芳，玫瑰在當中嘗出森林的香氣、攪碎灌木的氣息。

「您喜歡南禪寺什麼地方？」蓓詩問道。

玫瑰在心中搜尋字句。

「它的清晰澄澈，凝固不動的流動性，原始純樸。」

蓓詩又笑了，她的笑帶著一種欣賞、一點訝異。

「你們倆很像。您和保羅。」她說。

「我看不出我們哪裡像。」玫瑰說。

「內在之海。你們都在那兒航行。」

蓓詩微微偏著頭，若有所思。

「陽應該會喜歡這點。」她又說道。

她沒碰她的甜點。

「您不吃了嗎？」她問。

玫瑰搖頭，蓓詩對她微笑。

「我該走了，」她說，「下次，我帶您去另一間茶屋，我想您應該也會喜歡那裡。」

她們在茶館外道別。回到陽家，玫瑰坐在日式被褥上，感受到一股難以忍受的緊繃感——抑或是失落感呢？她如此自問。昨日的鳶尾花已換成一朵粉紅色的山茶花，這朵花與南禪寺之間有著某種共鳴，使她動容。一切都有其道理，但我不屬於這一切，她這樣想著。她又看見那些亦動亦不動的石頭、耙理成線的灰沙、綠苔上的樹木；每幅畫面都讓她深切體會到保羅不在場的事實；不知為何，她感覺大片大片的極地浮冰漂移著，漂流在液態的礦物性裡。就這樣無所事事一小時之後，她起身走至走廊，靜靜站著好一會，不知接下來該往何處去。終於她向左轉，在深色木牆前隨意拉開一扇門，走進一間涼爽空曠的房間。榻榻米地板上散落著幾只茶碗、幾個漆器與陶器、一支小小的茶筅。地上嵌著一座火盆，上面是一個鑄鐵茶壺；壁龕懸掛的畫軸上畫著三朵垂向冰封土地的紫羅蘭；卷軸下方的銅製花瓶中插著一枝竹子。落地窗外是種著杜鵑的中庭，她看著窗外漸弱的光線為潮溼的杜鵑葉片染上珍珠光澤。房間空無一人，非常靜謐——然而，玫瑰卻察覺到**某種事物的存在**，是專注不語的幽靈。她走向一只形狀不規則的褐色茶碗，試著想像她父親在這兒把玩這些物件，以這些簡樸美麗的茶碗品茗。一條磨得發亮的舊手帕被遺落在茶筅旁，美麗的深邃紫色，有著淺淺的褶痕；這手帕簡直像是剛從某隻肉眼無法看見的手中落下，而在剎那之間，玫瑰彷彿瞥見一道傾斜的身影緩緩移動，姿態優雅而充滿力量。她走近壁龕中懸掛的畫軸，三朵紫羅蘭下方寫著書法字，文字的排列宛如詩句。上方右側的某些字跡化作一飛沖天的鳥兒；一抹輕盈的薄霧自冰封的土地裊裊升起；這些紫羅蘭**活著**。外頭傳來聲響，打斷她的冥思。她走出房間，關上門，心中熱切懷抱著一股奇異的敬畏感。

玫瑰來到楓之廳，佐世子戴著眼鏡坐在矮桌前，面前攤著一些文件。

「我想去『狐』吃晚餐。」她說。

「現在？」佐世子問。

她點頭。佐世子拿出手機，打給某人說了些話，然後結束通話。

「寬渡先生，十分鐘到。」

「謝謝。」玫瑰說。

一陣衝動之下，她又說：

「我需要寫一封信。」

佐世子起身，從一張小寫字桌那兒取出一張紙和一枚信封。玫瑰在佐世子身旁坐下，拿起佐世子遞給她的筆，迷失在沒有後續的思緒裡。終於，她寫道：**我希望您能跟我說說我父親的事**。最後她屏息寫下：**我很想您**。她快速折起紙張，封妥信封，把信交給佐世子說：「給保羅。」說完，她驚慌失措，逃進庭園。

# 八

中國北宋時期，當詩歌、繪畫與書法和諧共舞，如珍寶般棲身於古代智者的夢中時，文人雅士特別喜愛以風景與花卉寫詩入畫。當時最偉大的風景畫家之一，他的孫女每日都會央求他為她繪製一朵山茶花。整整十年，她總是如此央求他。女孩在十五歲那年，因一場急病在夜裡過世了。破曉時分，范寬*畫了一朵被自己的淚水沾溼的山茶花，在花的下方題了一首關於落英

*譯註：約九五〇～約一〇三二。擅長山水畫，初與關仝、李成同為北方山水畫派三大主流，並列「北宋三大家」，後又與董源、李成並稱「宋三家」。他所達成的藝術成就使得他與柳公權合稱「柳范」。

飄散的詩。最後，他凝視著這幅仍然未乾的畫卷，並驚懼地發現，這是他最美的作品。

# 山茶花淚溼

抵達「狐」的紅色燈籠前方時，她已經不記得自己為何想來這裡。寬渡在吧台前坐下，她則坐在他對面的一張六人桌前。串燒店空無一人。主廚來到她面前。「和上次一樣，但不要清酒。」她用英語說道。主廚回到廚房，臉上不露一絲情緒。她一口氣喝完第一杯啤酒，環顧四周，看見一些上次沒注意到的細節。在吧台那些清酒瓶前方，放著一台撥號盤式的舊電話；金屬製的廣告看板，染上了細緻的鏽斑；有些漫畫海報被撕破了。陽生前是個怎樣的人，為什麼喜歡像這樣的地方呢？她想著。心頭一陣激動，於是她再點了一杯啤酒，覺得自己孤單又盲目，她怪自己過於多愁善感，怪自己有所期待——期待什麼呢？她邊想邊點了第三杯啤酒。寬渡轉身背對著她，平靜地與主廚交談，她能感受到他那份小心翼翼的審慎，而這使她惱火。死亡在她心中所起的作用、液態石頭產生的效應，以及她寫給保羅的信，如今都顯得荒謬。她就在這樣的心情中吃著串烤。她點了第四杯啤酒時，主廚看著寬渡。寬渡低調地輕輕比個手勢示意：我會處理。這動作大大傷了她的自尊。過了一會，當她想起身時，寬渡過來扶住她的肩膀。她沒有抗議，任他將自己帶回車上。在陽家的小庭園中，她表示可以自己進屋，他沒堅持。她再度置身於陰暗的楓之廳中；楓樹輕柔地震顫，枝椏因夜而變得沉重；南禪寺的樹以一種令人痛楚的尖銳，在她的回憶中留下傷痕。她回房，脫下衣服。全裸的她看著窗外，用手抹抹額頭，瞥見被褥上放著的紙條。她跪在榻榻米上，在黑暗中解讀那行英文字跡。**保羅先生明早七點半來，我七點叫醒玫瑰小姐。佐世子留。**

她倒在榻榻米上，雙臂交叉。一杓星光透過雲層閃耀；一首奇異的歌謠自河流傳來；她久久不動，保持清醒。稍晚，她打著哆嗦醒來，爬上床褥，裹上薄被。夜閃爍著光芒，她感覺到某種祕密神靈的存在，感覺到生命盈滿幽光與嘆息，憶起她最初來到此地時，那濺滿光芒的玉蘭花。當時，她便已能夠感受到神靈的存在。一切都維持原貌，一切都正在變異，她心想。一朵花冠變得龐大，她嚇壞了。她陷入無夢的睡眠裡。有人輕輕敲了門三下，她因而驚醒。起身時，她發現天已經亮了。她頭痛欲裂。佐世子的聲音自門另一邊傳來：「現在，七點了。」玫瑰含糊不清地回道：「我正在準備。」她誤將沐浴乳當作洗髮精，沒辦法將頭髮整理好，套上一件皺巴巴的洋裝又脫掉，穿上一條裙子和一件罩衫，兩者著實不太相襯。鏡中的她看來像個草草登場的人物。她塗上口紅，又急急忙忙用卸妝棉抹掉，走去楓之廳。保羅和佐世子看著她，笑了起來。她停下腳步，愣在原地。

「怎麼了？」她問道。

佐世子以細碎的腳步朝她走了三步，從蔚藍色的和服腰帶中拿出一條手帕，擦拭她的臉頰。玫瑰不經意和佐世子四目交接，在她眼中讀出一絲隱密的憐憫。佐世子後退一步欣賞成果，然後再度指著玫瑰的上衣笑了。

「您把上衣穿反了。」保羅說，「這是一種時尚概念嗎？為了搭配塗到臉上的口紅？」

他對她微笑。他看來很疲倦，但樂在其中。他身材高䠷，面色蒼白——又高又累，她心想，我讓他累壞了。

「我有時間把衣服穿正嗎？」她問。

「那就太可惜了，我陰暗沉悶的一天都被您給照亮了。」

「我頭很痛。」她說。

他對佐世子說了幾句話，佐世子示意玫瑰跟她去廚房。佐世子像照顧孩子似的讓玫瑰坐下，遞給玫瑰一杯水和一顆白色藥丸，玫瑰乖乖吞下。「玫瑰小姐，吃點東西？」佐世子這樣問。玫瑰拒絕了，將上衣穿好，走出廚房，跟著保羅走至玄關。他們穿越庭園。玫瑰在大門前轉身，看見佐世子正在對她鞠躬。最後佐世子對他們兩人輕輕揮手。玫瑰低下頭，趕緊鑽進車子裡。

「抱歉這麼早把您叫醒，」保羅說，「但我們必須在開門時間抵達寺院。之後的人潮就會真的太多了。」

「我以為您今天會留在東京。」她說。

「我今天一大早回來了。昨天吃完晚餐後，我回公寓洗了個澡，就去搭凌晨四點出發的新幹線。」

「您在東京有公寓？」

「陽的公寓。」

「您整晚都沒睡？」

「沒有，」他說，「我和客戶共進晚餐，那是一頓非常漫長的晚餐。」

他笑了。

「在日本，進行重要的交易非得透過非常漫長的晚餐和很多的清酒才行。」

不知他有沒有收到她的信？她想像他在車站月台上的模樣，想像他迷失在與她無關的思緒當中。現在，他就在她的身邊，這個事實讓她感到混亂；一想到自己前天曾經握住他的手，她就感到不安。他什麼都沒說，只看著窗外流轉的街景。車子停進已經擠了三台遊覽車的停車場。她隨他走上一條長長的林蔭道，路的兩側矗立著幾家小店鋪。他去買票時，她在寺院的售票處前方等他，然後跟在他身後走著。步道旁偌大的池塘開滿睡蓮，過度詩情畫意的景致讓玫瑰感到不快——這是做給觀光客看的，她心想，然後又想：我是一包待洗衣物，在一間又一間洗衣店之間被拖來曳去。兩人離開池畔，拾級走上由無精打采的楓樹夾道的石階，來到寺院入口，脫鞋，在參拜群眾後方左轉，抵達庭園前方。

「這裡是龍安寺。」保羅說。

她看著由石與沙構成的大片方塊，內心空洞無感。於是，她像一場爆炸後才傳至的聲響般，任自己癱坐在木製長廊上，被材質擊倒。庭園外側的楓樹與櫻樹枝椏，像瀑布似的垂落在圍牆上。牆外的群葉構成異常茂密的屏幕。牆內只有劃上平行線條的沙地，以及七組大小不一的石頭，石頭周圍的沙子耙著一些橢圓線條——但玫瑰只看著圍牆，那幾道牆頂著斜斜的灰色脊瓦，圍牆的赭色外層有著和義大利宮殿相仿的軋紋，閃爍著古色光澤，與圍繞著石頭的大片苔蘚所散發出的金光相互輝映。

「圍牆一直是這個顏色嗎？」她問。

「不，」保羅回答，「我想它原本是白色的。」

「是牆造就了庭園。」她說。

他面露驚訝之色。

「這裡的石頭的安排方式，讓人永遠無法一眼縱覽庭園內的所有石頭。」他說。

她試著專注心神在岩石與沙子上，但心思飄移，再度落回牆面。

「解析龍安寺的評論非常多。」他補充道。

「您讀過嗎？」

「讀過一些，為了工作讀的。」

「您從中學到了什麼嗎？」

「您讀那些植物學書籍時，有學到什麼嗎？」

她不太喜歡這個提問。

「我猜應該有吧。」她說。

然而我不看花，她這樣想著。她回到材質上，從中尋求慰藉。

「陽對生意的要求很嚴格，對朋友則很忠誠。」保羅說。

她心想：他讀了我的信。她心中有什麼動搖著，圍牆的本質佔據了她的意念。

「剛認識陽的時候，他曾對我說：『我很有鑒別力，但毫無才華。』經過這些年，我了解這就是他的力量所在：他很清楚自己是什麼樣的人。」

她試著將注意力集中於最前方三塊石頭周圍的橢圓線條，卻無法專注。

「所以才有那麼多人被吸引到他身邊。」

玫瑰的視線又回到閃著金光熠熠的圍牆上。

「他的習性非常日本，但想法很不日本。我想，他之所以希望我待在他身邊，原因之一是他需要有個外國人來傾聽他那些不正統的觀念。」

「關於什麼的觀念？」她問。

「譬如，女人。日本人並未經歷像我們一樣的女權運動，但陽是個女性主義者，以他自己的方式。他從不舉辦只有男性的聚會。在他那兒，女性也參與討論。」

「所以他就和萍水相逢的外國女人生了孩子嗎？」她這樣問。話一出口，她就知道自己太幼稚，於是咬住嘴唇。

他不予置評。

「他性格中最令人感動的一點，是他懂得給予。多數人給予是為了有所得——是出於義務、禮教，或反射動作。但陽之所以給予，是因為他理解給予的意義。」

她嗅到一絲危險的氣息，於是將注意力集中在圍牆上，視線突然被一顆石頭吸引。這顆石頭比其他石頭小，高度幾乎與沙地齊平，航行於無垠海面。

「克拉拉病重時的最後幾個月，我和陽每晚都會深談。我去他辦公室找他，我們一起喝清酒，他聽我說話，也跟我說話。我從來不覺得他有一絲的勉強。我不知道是否有男人像我們一樣有過如此親密的共鳴。」

他閉口不語，她知道他不想再繼續這個話題。他們背後一群喧譁的中國遊客，使走廊地板震動起來。

「您對龍安寺沒感覺嗎？」他問。

「像個巨大的貓砂盆。」她說。

他放聲大笑，在短短一剎那間，他變了。她心想，這是以前的保羅，被克拉拉之死摧毀之前的保羅。他們沉默了一會。玫瑰將注意力從突然佔據她視線的那塊孤石移至其他石頭，閱讀岩石與沙組成的篇章；那景致也產生了變化——她細細觀看圍牆，卻不再看見她先前自以為看見的樣貌。她將注意力轉回乾燥的方形沙地上，覺察到一股振動，一股在**時間**之中的振動——屬於誕生的時間、屬於受苦的時間、屬於死亡的時間，她心想。她看著保羅。他閉著雙眼，她想起他在墓地時流下的淚。那股危險的感受增強了，同時亦出現了一股友善的氣息，與一種帶著希望的顫慄。於是，她看著因歲月恩澤而化作赭色的牆面，領悟它們是因著庭園的力量而繼續聳立，領悟這片無花的圍牆，以其礦物性使時間嬗變成為永恆；領悟在這時時刻刻的轉化之下，所有的行動都將擁有不同的意義；最後，她不知為何想起稍早佐世子的手勢——在這些迷失於沙中的寂寞石頭之中，存在著一種贈禮。什麼贈禮？她看著庭園景觀自問。乾燥與空無一物的赤裸本質能給予什麼？她任由心神隨著眼前七組石頭所譜出的樂章遊走，再度感受到這些石頭將她淹沒在歲月悠長的海洋之中，而庭園透過它自身的存在，**給予著**。

保羅起身，她跟在他的身後，沉浸在他僵硬卻流暢的步伐之中。回到車內，她看出他已經累了。

「現在呢？」她問。

「我帶您回陽家。」

「我們不一起吃中飯嗎？」

「我得去接安娜，她昨晚回來了。」他說。

「您是為了安娜回來的？」她問。

他好像沒聽見她的問題。

「還有，為了在聽取遺囑前得去逛的最後幾間寺院。當然。」她又說。

「我是為了您回來的，」他說，「我很想念我那個專業的討厭鬼。」

他向前傾身對寬渡說了幾句話，寬渡點頭，用日語打了通簡短的電話。

車程漫長，靜默讓她感到脆弱。他們下車的地方是市中心一條寬敞的拱廊商店街，保羅快步走進一間店面，爬上二樓。她能感受到他的疲倦，以及他髖骨的痛楚。他推開一扇門，兩人隨即置身於一個現代感十足的空間，店裡擺放著白色桌子與蘋果綠椅子。點餐櫃台後方的大海報展示著許多鬆餅，還有各式各樣不同口味的怪誕配料。他坐下時顯然從痛苦中解脫，她則在他對面坐下。

「鬆餅？」她問。

「別忘了我是比利時人。」他說。

她身後的門開了。他微笑著站起身來，再度變回精力充沛的模樣。她轉身，看見一名曬得黝黑的棕髮小女孩朝他們跑來。小女孩看見玫瑰時稍微停頓了一下，接著便衝進她父親的懷抱裡。安娜身邊伴著一名年約四十的日本女子，這名女子靦腆地朝他們走來，保羅摟著安娜的肩膀對她打招呼，他們笑著說了幾句話。玫瑰站起身來，安娜的臉龐讓她著迷。

「安娜，這是玫瑰。」保羅說。

小女孩嚴肅地盯著玫瑰，走過來踮起腳尖親吻玫瑰的臉頰。

「妳是陽的女兒？」安娜問。

「似乎是。」玫瑰回答。

安娜雙唇緊閉、皺著眉頭，以銳利的目光凝視著她。

「玫瑰，我向您介紹惠美，」保羅說，「安娜的好友洋子的媽媽。」

惠美微笑著鞠躬，略帶猶豫地說了幾句話。

「她說，歡迎來到京都。她問您打算在這裡待多久。」

「我不知道。」玫瑰說，「人家叫我做什麼，我就做什麼。」

安娜再度目光銳利地看著她。惠美似乎很滿意保羅翻譯的內容，她鞠躬告辭，在門前轉過身來，做了和佐世子一樣的手勢。服務生前來接受點餐，安娜開始喋喋不休，保羅微笑傾聽。鬆餅端上桌了，安娜迫不及待開動，玫瑰則一臉戒備地看著她面前的那堆麵團，還有綠色果醬和紅色堅果。

「妳不喜歡鬆餅？」嘴裡塞滿食物的安娜問她。

「那坨從火星來的醬汁看起來很可疑。」她回答。

安娜大笑，看著她的父親。玫瑰非常訝異安娜的膚色與髮色都很深，而保羅卻滿頭金髮、膚色蒼白——安娜嬌小瘦弱，生著一張精緻臉龐，鼻子微翹，黑色眼珠閃爍光芒。玫瑰心想，安娜應該是她母親的翻版。安娜邊狼吞虎嚥邊說著假期的種種，她笑著，中間也不時盯著玫瑰看；玫瑰能察覺到安娜的警戒，感覺她經常謹慎觀察周遭的那份耐心；她想起自己小時候也是這樣。安娜央求保羅再點一客鬆餅，並要求玫瑰作證，在保羅屈服時擺出得勝的眼色。接下來，她突然認真起來。

「妳住在哪裡？」她問。

「巴黎。」玫瑰回答，「但我在都蘭也有一棟房子。」

「那是哪裡？」

「稍微南邊一點的地方。」

「那邊有故事嗎？」

「故事？」

「住在那邊的精靈或仙女的故事？」

安娜直視玫瑰雙眼。這是我想要的嗎？玫瑰如此自問。她望向保羅。他額前的皺紋加深了，她看出他很憂心。安娜等著她回答。

「有啊，」她終於這樣說，「我外婆知道所有的故事，尤其是快活的惡魔們的故事。」

「妳會說給我聽嗎？」安娜問。

玫瑰的心像野草般被拔了出來，那一瞬間，她介於兩個世界之中；接著龍安寺的石頭進入圓中——那赤裸裸的特質、那礦物性的孤寂、那靜默語句的確實性；那些褪去矯飾之物，確確實實地給予著。在尖銳的痛楚之中，有什麼被顛覆了。

「我全都會說給妳聽。」她說。

安娜對她微笑。玫瑰心想：我是一隻被活生生釘上標本板的蝴蝶。保羅起身去付帳。她感覺他放下了一顆心。寬渡在階梯下方等著他們。

「接下來是您的自由活動時間，」保羅對她說，「我得陪安娜去看牙醫，接著要帶一些客戶去吃晚飯。我明天早上會去接您，今天寬渡聽您差遣。」

「那您怎麼回去？」她問。

「我就住在旁邊。」他指著市中心的建築說，「您想去哪？」

「我要先回去換衣服。」

他對寬渡說了幾句話，她上車，安娜彎下腰來，再度親吻玫瑰的臉頰。玫瑰和保羅四目交接，從他眼中瞥見一抹哀愁。她多希望能挽住他的手將他留下，把他拉到自己這邊來。他關上車門。車子駛遠時，安娜精力充沛地用力揮手，玫瑰以和佐世子相同的手勢回應安娜。抵達陽家後，她上樓回房，任自己倒在榻榻米上，就這樣度過剩餘的上午時光。粉色的山茶花輝耀著輕快而憂鬱的火，她渾然忘我地注視著那朵花，心中有什麼不斷激昂地鼓動著。

稍晚，她換了衣服，進入空無一人的楓之廳，敲敲廚房的門然後走進去。佐世子和一名穿著清潔婦裝扮的年輕女子正在喝茶。佐世子為玫瑰煮咖啡、盛一碗飯，玫瑰坐在榻榻米上等候著。兩名日本女子聊得起勁，玫瑰靜靜聽著，因無需開口而鬆了口氣，因無法理解談話內容而覺得開心。她喝了咖啡、用完飯，打算離去。佐世子比了個動作要她等等，在她放在架子上的包包裡翻翻找找，拿出一支手機遞給她。「密碼，零零零零。」佐世子說，「聯絡人一號是保羅先生，二號是佐世子，三號是寬渡先生。」玫瑰接過手機，上樓回到房間，再度躺下。一陣雨下得又大又急，世界頓時一片黑暗，山茶花在雨水映照之中輝耀著閃電的光。過了一段時間，她走出房間，來到走廊上。一陣衝動之下，她拉開茶室對面的門，走了進去。這是間面對河景的和式房，房內唯一的家具是一張接著各式管線的病床，看起來就像隻蜘蛛。床的對面是一幅巨大的抽象畫，另外還有一張漆器材質的床邊桌，一只黑色花瓶擱在上頭。在雨水照耀下，這場景充滿不確定性與流動感。床墊上有個灰白色的斑點，與之對照的是抽象畫那充滿生機的力量——偌大的胭脂紅色塊，陷溺在深深的墨色之中。儘管這個色塊既無線條亦無輪廓，但玫瑰非常確定它代表著一朵花——山茶花、蓮花，或許是一朵玫瑰。他是在這裡離開人世的嗎？她走近病床，將手伸向未鋪床單的床墊。她屏住呼吸，猶豫了一會，後退了。房內飄揚著一陣難以形容的香氣，混合了雪松、茴香與紫羅蘭的香氣。她覺得屋內似乎有些影子徘徊不去，某一刻，她甚至覺得有人朝著她的後頸吹氣。金屬病床的殘酷影像撼動了她，但同時亦有另一番感受在她心中開展蔓延。突然之間，一個明顯的事實席捲而來——儘管死亡的力量如此強大，那朵花卻依舊**活著**。她想著安娜，想著她閃亮的雙眸，想著快活的惡魔們，想著汽車駛遠時自己對安娜揮著的手勢。於是，她再度看見那被金色圍牆環繞的，石與沙之庭園。她心想：若無庭園，牆什麼都不是；若缺失了屬於贈予的永恆性質，那麼，人類的時間什麼都不是。

# 九

傳說一日早上，千利休以純淨清水洗滌通往他的茶屋的石板步道時，一頭年幼的狐狸突然從一旁的樹叢中冒出來，坐在一株高大的南天竹樹蔭下。和千利休靜靜相對片刻後，這頭幼狐以嘴輕輕折下一根竹枝，放在當晚茶會賓客將會走過的一塊石板上。千利休將竹枝留在客人必經的這塊石板上，當他的年輕弟子表示訝異，千利休答道：狐狸與竹子指引我們該換條路走。

# 竹指換路

下午三點，玫瑰決定出門。佐世子在楓之廳裡忙著整理一束玉蘭花。玫瑰向她示意自己要出門了，但佐世子放下手中的花，拿起擱在矮桌上、上頭有著玫瑰色雲朵圖樣的小零錢包，遞給玫瑰說：「錢，散步用。」玫瑰以動作表示感激，佐世子微笑，玫瑰亦報以微笑，一個有些猶豫的微笑。她正要轉身離去時，佐世子卻出乎意料地從腰帶中抽出一張照片，遞給她看。玫瑰接過照片，照片中是佐世子以及三名女子，四人都有著相似的溫和臉龐，只有髮型與或黑或灰的髮色有所不同。她們都有著珍珠色澤的肌膚，與完美的鵝蛋臉。她們面帶笑容坐在榻榻米上，背景是山岳風景畫。

「我的姊妹。」佐世子說。

玫瑰保持沉默。這張照片滿是皺折，她猜想佐世子應該很常拿出來看。她好奇地看著四姊妹的臉。克盡職責的女人們，但她們的笑容充滿生命力，玫瑰心想。

「玫瑰小姐也需要一個。」佐世子又說。

玫瑰搖搖頭，將照片還給佐世子。她在玄關拿了一把雨傘。先前仍間歇地下著驟雨，但此刻放晴了，雲層的裂縫後方現出晴日。她走至河畔，河堤上四處都是佇立不動的鷺鳥。她一路走到抵達日本第二天時曾去過的那座橋，於拱廊商店街的入口前左轉，在有鬆餅店的街道拱廊下漫步。右方一扇自動門滑了開來，門中傳出一陣發狂似的鼓譟喧鬧。她走進一個以刺眼霓虹燈照亮的空間，無法理解自己看見了什麼。七彩繽紛的賭場遊戲機前方，坐著眼神空洞的男男女女。令人難以置信的喧囂，失去理智的荒誕醜惡；她心想，這是真正的地獄，這是與陽所在之地相反的世界。日本這病態而瘋狂的一面如此荒謬，使她不禁打退堂鼓。她掉頭走回拱廊商店街，右轉走至大道上，過了馬路後繼續往北走。走了幾公尺後，街景變得迷人許多，街道兩側都是雅緻的商店。她走進其中一間，欣賞木製層架上那些與她父親的茶杯相似的茶具，覺得一切都美極了。她走近一枚白色凹盤，盤面帶著米粒大小的顆粒，凹凸不平的粗糙表面不時閃爍著光芒，盤子旁擺著一張照片，裡頭是一名站在窯前的男子。她猜想他或許也是陽代理的藝術家，但在看懂盤子的價格後，她覺得售價還不夠昂貴，應該不是陽會代理的藝術家。她走出店鋪，沿著街往回走，看著沿途櫥窗中擺設的毛筆、紙張、漆器。她覺得自己無所事事、格格不入，京都並未期待她的造訪，京都不認得她，她在此隨意遊盪，是個毫無用處、無關緊要之人。她想著佐世子，想著那四姊妹，想著她們微笑的臉龐——身陷囹圄，卻光輝動人。這樣想之後，她覺得自己更加脫節了。很快地，她認出右邊是先前去過的茶屋，屋前飄揚著寫有漢字的布條。市中心所有原先在她看來醜陋的事物，如今都打動著她的心——那些小小的建築、平靜的街道、珍稀的店鋪。她體悟到那些令人激賞的庭園在這些市區景象之中延續著。蓓詩．史考特說過的話再度浮上心頭：眾神會前來飲茶的庭園。或許不如該說是快活惡魔們的國度，玫瑰心想，即使身處絕美之境，陪在我們身邊的，依舊是孩提時期的那個自己。

她走進茶屋，被帶至茶室另一邊的一張桌前。她用英語點茶，穿著綠色圍裙的服務生對她微笑。「濃茶，哪一種？」這名年輕女子問道，玫瑰有點張皇失措。服務生拿出茶單示意，濃茶有兩種，她選了比較便宜的。喝下第一口濃稠的茶湯時，她想著保羅，想著保羅的不在場，想著他宛如深淵的憂傷。想到得要到明天才能再見到他，她便覺得難以忍受。我是一袋髒汙的待洗衣物，被擱在空無一人的櫃台上——她再度這樣想著。她喝下第二口濃茶，安娜的臉縈繞心頭——她那專注的雙眼；她殷切盼望的精靈故事；她長得不像父親，像母親。她喝完碗中的茶，等待接下來的第二碗，迅速飲盡，這碗較為清淡的茶湯的溫和滋味撫慰了她。她拿起手機，和按鍵纏鬥一會，終於找到聯絡人號碼，按下三號，等待。聽見寬渡的聲音時，她說：「我在茶屋，能來接我嗎？」他回答：「十分鐘。」她付了帳，走到人行道上等候。雨停了，空氣中飄散著柏油氣味。

寬渡抵達。她上車之後，他轉頭看她。「我們可以去南禪寺嗎？」她問。「現在，關門了。」他回答。她看看手機。下午六點。「那就回家吧。」她說。在無人的楓之廳中，她想就這樣躺下，在楓葉下睡一覺。手機響時，她嚇了一跳。打開手機，螢幕顯示**保羅**。她接起電話，心跳得飛快。

「如果邀您在晚餐之後去喝一杯，您會不會太累？」她聽見他這樣問。

「不會。」她回道。

「您會在城裡嗎？」

「我在陽家。」

「我和客戶用完晚餐之後，就過去接您。」

她回到房間，洗了個澡，穿上一件花洋裝。塗上口紅，綁起頭髮，忍住抹掉口紅的衝動。回到楓之廳，楓樹輕輕地搖擺著。她躺上一張和室沙發椅，喜愛這即將失衡的感受。沒多久，她便睡著了。擁有安娜臉龐的精靈，飛翔於模糊的夢境低處；精靈在空中滑翔，接著停在玫瑰肩上，輕聲呢喃她的名字。玫瑰醒來，睜開眼睛時，看見保羅正俯身看著她。她坐起身來，不知所措。他以溫柔的目光看著她，接著突然笑出聲來。

「您和口紅有過節。」他說。

她伸手抹抹臉頰，他再度笑了。

「找面鏡子照或許會比較好。」他建議道。

她走進浴室，看見右側嘴角有一道紅色細流。她驚駭萬分，自己竟然流口水了。她卸了妝準備走出浴室，跨出一步之後又改變主意，再度塗上口紅，重新綁好頭髮。再度回到他面前時，她從他的眼神看出他覺得她很美。她跟著他走向車子，空氣潮溼，薄霧籠罩月亮。有人打了電話給保羅，以日語交談的通話持續了好些時間；她聽出他聲音中的疲倦，感覺他的保留，他身體語言的謹慎克制。他結束通話，她無法忍受沉默，在座椅上坐立難安。

「您從沒想過回比利時嗎？」她問。

他轉頭看她。在車內的明暗交錯之中，他面色凝重，額前的皺紋顯得更深了，蒼白的臉孔彷若面具。

「回比利時？」

他的手機又響了，但他沒去理會。

「我來到日本時，唯一想要的，是在京都生活，活在某種類型的藝術與文化裡。陽給了我這個機會。最後，是死亡讓我在這裡扎根。」

她想換個話題，想對他說：您已經兩天沒睡，應該累壞了。但車已經停在市中心的一條街上。他們下了車，走上長長的階梯，來到一扇沒有招牌的門前，進入一間光線陰暗的寬敞酒館，室內部分角落以閃爍光芒的圓錐點亮。種植在灰色鵝卵石中的一簇簇南天竹，沿著左側的牆面燦然生長。右側是吧台，一些酒客在照明得宛如禮拜堂的清酒櫃前飲酒。保羅和玫瑰一走進酒館，便有一群人歡呼著招呼他們；圍坐在酒館深處一張桌旁的五名男子對他們揮手，玫瑰認出其中一人。

「酒鬼陶藝家。」她喃喃說道。

「而且是一群人，這更恐怖。」保羅說，「可惜，我們已經沒有退路了。」

「其他人是誰？」

「攝影師、國營電視台製作人、音樂家，和法國同事，以現在這個時間來說，他們全都已經喝太多了。」

「您的法國同事？」

「更確切地說，是來自巴黎的古董商。」

他們倆走向那群人，玫瑰突然覺得輕鬆。她心想，我要喝酒，經過這一切之後，還有什麼不能做的？一群日本人友善地看著她，柴田惠輔的嘴角帶著一抹嘲弄的微笑。她和他四目交接，心想：今夜是正面對決之夜。這個古怪的念頭讓她自己都覺得訝異。法國男子年約五十，頭髮蓬亂，穿著羊絨衫，領口的圓點絲巾打了一個蝴蝶結，他作勢摘下一頂隱形的帽子向她致意。

「小姐，您是法國人嗎？」他問。

她點頭，他友善地吹了個口哨。

「不好意思，我沒站起來招呼您，」他說，「但我已經喝多了。至於日本人都是些野蠻人，他們不會因為女士到場而起身致意。」

他若有所思。

「雖然說，我是這裡唯一的男同志。」

接著他邊為自己倒酒邊說：

「不過這和那一點關係都沒有。」

玫瑰和保羅坐了下來，其他人喧鬧地加點清酒，她一口氣喝光第一杯。

「我叫愛德華，」坐在她身邊的古董商說，「您呢？」

「玫瑰。」

惠輔以揶揄的口吻唸出她父親的名字。

「噢，您是陽的女兒？」

「這不是我唯一的身分。」她回答。

「那您還有什麼身分？」他問。

「我是植物學家。」

「除此之外呢？」

除此之外？她反問自己。

「我是個討厭鬼。」

他笑了，他們開始斷斷續續地聊著天，在清酒催化下，她盡情地拋開束縛。夜晚就這樣持續著，她飲酒，和愛德華聊天說笑，一小時後，她知道自己醉了，醉得如此耀眼。他們似乎談論了花、餐廳、愛、背叛——然而，打從好一段時間起，她的目光就聚焦於一株南天竹上。它最下方的．節枝椏低垂，輕撫著木質地板，像是溫柔的綠色鳥兒那一身光滑平整的羽毛當中，唯一凸出的叛逆羽毛，它逃離了隊伍，阻礙了通道，以它的葉綠素肺臟竭力嘶吼。坐在她對面的保羅和身邊的人聊著；惠輔每隔一段時間便會嚷著追加清酒。

「他們在聊什麼？」她問愛德華。

「政治。」

眾人的對話速度稍微放慢了一些。在片刻沉默之中，惠輔以下巴指著她的方向。

「他說您看起來稍微解凍了一點。」保羅說。

惠輔盯著玫瑰看，她在他眼中看見嘲諷，同時也驚訝地瞥見一股無盡的善意。

「他說您很漂亮，但您卻不笑，而且太瘦了。」

惠輔又說了一句話，惹得所有人都笑了。

「這個呢？」玫瑰問道。

「這句話是對我說的，我不打算翻譯。」保羅答道。

保羅用日語說了一段話，她清楚聽見**龍安寺**這幾個字，所有人都放聲大笑。愛德華拍著她的背。

「我剛對他們說您將龍安寺比作一個巨大的貓砂盆。」保羅說。

惠輔拍桌大嚷了一句話，所有人都一致點頭同意。

「他媽的禪僧。」保羅翻譯道。

惠輔再度變得悶悶不樂。

「龍安寺，世界末日。」保羅再度翻譯。

接下來，由於惠輔並未多加解釋，所有人便繼續先前的談話，玫瑰繼續和愛德華閒聊。她趁著保羅去酒館入口處和認識的人打招呼時，問愛德華剛才保羅不願意翻譯的內容是什麼。

「這我很樂意解答，」愛德華嬉笑著說，「惠輔對保羅說：『你應該溫柔地好好上她，她就能解凍了。』」

愛德華看著保羅。

「是我的話，我不會拒絕。」愛德華說。

保羅回到座位上，愛德華說：

「我什麼都沒說。」

又是一刻沉默，惠輔伸出食指，指著玫瑰。她心想：啊，正面對決。惠輔開始說話，保羅起身從隔壁桌抓了一張椅子，坐在玫瑰後面。他同步翻譯惠輔說的話，她感覺他的氣息吹在她的後頸上。

「妳的父親，是武士的靈魂困在商人的身體裡。他是個利用藝術家的混帳，但他給的錢很多，最重要的是，他是個忠誠的朋友。保羅也是同類，沒那麼粗魯，但狡猾多了，因為他是比利時人，日本人看不出他的招數。他向他的師父學了很多，他是陽的徒弟、心腹、醫生、朋友。」

惠輔頓了一會。玫瑰暫時將注意力轉回惠輔後方的竹子上。那竹枝的不對稱，那毫不順從的頹軟姿態，緊攫住她的心。

「妳知道朋友指的是什麼樣的人嗎？」惠輔再度開口。

「死人？」她猜測道。

保羅翻譯她的回答，惠輔放聲大笑。

「妳父親曾說：朋友是你願意跟他一起迷失的人。山裡的人都是白痴，但是當一切都崩垮時，你唯一會希望他在自己身邊的人，是像這樣的傻子。妳呢？妳也和他一樣，這麼傻、這麼讓人欽佩嗎？」

「不，」她說，「我是法國人。」

他再度哈哈大笑。

「妳果然是他的女兒。」他呼了口氣。

有人走過竹枝旁，繞道避開它，吸引了玫瑰的注意。惠輔問了保羅一個問題，保羅僅以一字回答。

「妳知道妳父親喜歡花嗎？」惠輔問道，「但妳是個白痴植物學家，妳只會在花身上貼標籤，事實上妳根本不在乎它們。」

她凝視惠輔雙眼，只看見一片柔情。那是對誰展現的柔情呢？玫瑰想著。對陽？還是對我？

「妳的父親，他至少懂得看花。」惠輔再度說道。

「所有的花，只除了玫瑰。」她說。

他思考著其他事情，無視她這句話。

「妳有專長的領域嗎？」

「植物地理學。」

「妳探索花朵的分布範圍？」他問。

「算是。」

他哈哈笑。

「該是找到它的時候了。」

他再度喝起清酒。

「『單單一朵玫瑰，就是所有玫瑰。』他說，「這，是里爾克的詩。這和妳那廉價的科學可不一樣。妳以為妳父親不看玫瑰嗎？他一輩子從商，完全不懂女人，但他是個武士，他知道不知變通是會要人命的。」

玫瑰再度看著那根竹枝。有什麼掠過她的心頭，隱隱消逝，又再度敲響她的意識之門。

「如果不知變通會要男人的命，難道對女人就不是嗎？」保羅又翻譯道，「妳若無法理解的話，就可以直接下地獄了。」

惠輔大聲地吸著鼻子，用上衣的袖子抹抹鼻子。

「妳還年輕，可以另闢蹊徑。之後，就太遲了。」

他似乎還想再說什麼，卻放棄了。他看著保羅。

「妳也知道，妳知道的，灰燼，灰燼……」

他已精疲力竭，將頭埋進雙手，喃喃說著什麼。

「他說了什麼？」玫瑰問道。

「灰燼之後，是玫瑰。」保羅說。

保羅嗓音沙啞。玫瑰心想：我在戰爭結束之後才抵達這裡，而他們一起經歷了世界末日，我將永遠被排除在這連結之外。保羅回到桌子另一邊的原位坐下，她覺得自己被拋棄了。

「惠輔是用親密人稱對我說話嗎？」她問愛德華。

「法語中親密人稱和敬稱之間的區隔，確切來說在日語中並不存在。但惠輔是像對自己的女兒說話一樣對您說話，他使用的代名詞就相當於法語裡的親密人稱。」

「像對自己的女兒說話？」她說，「這樣等於是在說我有個往生的父親和一個酒鬼父親了。」

「惠輔的三個孩子都沒了，」愛德華不得不提醒她，「我們不能怪他竟然瘋癲到想領養一個法國來的討厭鬼。」

過了一段時間，保羅起身向眾人道別。他看起來累壞了，她乖乖走在他身後。她繞過入口處那根叛逆的竹枝時，鮮明地感受到自己走過一條已被知曉許久，亦被遺忘許久的近路；她止步片刻，神遊於這既無材質亦無實體的繞路之境。到了屋外，她深深吸了一口氣。是夏季的氣息，寬渡靜靜站在黑暗中等著他們，顯得極度不真實。上車時她突然轉身，差點撞到保羅。他吃了一驚，微微後退。她感受得到醉意，同時卻又奇異地醒覺著。

「您想不想……」她喃喃說道。

她將手擱在他手肘上。他扶著她的肩膀，像對待孩子似的讓她坐進車裡。她強烈地希望他——希望他怎樣？她迷失在自己的思緒中。

「您喝多了，」他說，「我也喝得不太節制。」

他傾身靠近她。

「明早，我會來接您去京都的另一區。接下來，我們便去見公證人。」

「到時會怎樣？」她問。

「他會告訴您，陽留了什麼給您。」

她本想回答：他留什麼給我，我有什麼好在乎的？但她看見保羅身後，透過街道看見的河景，大片的帶狀薄霧在月光下冉冉上升。她想著那棄教叛逃的竹枝，想著它堅持決裂的執拗，想著它那份屬於逃跑者的旺盛生命力——惠輔的聲音在她腦中呢喃著「另闢蹊徑」，而她聽見自己這樣回答：

「我會繼承他留給我的一切。」

在他關上車門之前，她看見他臉上迸發的情感——這是真正的保羅，她心想。接著車子駛入夜裡。她回到陽家，就像是回到自己的家，她在屋內對著薄霧立誓，那薄霧冉冉上升，飄向山巒，飄向吹著季風的天空，飄向橙紅色的月亮。她睡得很沉，在夜裡短暫醒來時，她搜尋著窗外的月亮，看到它，澄黃而碩大，劃上了幽暗的樹枝剪影。

# 十

明朝覆亡之際，畫家石濤[1]在三歲那年失去了所有家人，他的家族因與崇禎皇帝朝廷上的另一黨派為敵，而全數遭到殺害。一名僕人救了他的性命，將他送至湘山寺給僧人扶養，他在那兒習得了書法。後來他棄僧還俗，去完成他身為藝術家的使命。

石濤之名意指**石之流水**。他能夠畫出栩栩如生的岩石，但他真正熱愛的

1譯註：生於一六四二年，卒於一七〇五年至一七二〇年左右，清初畫家。所畫的山水、蘭竹、花果、人物，講求新格，構圖善於變化，筆墨恣肆，意境蒼莽新奇。

卻是苔蘚。然而，他卻尚未在畫作中描繪苔蘚。一日，他的畫家友人朱耷[2]對此表示疑惑，他則回答：苔蘚撫石，宛如情人，或許不久之後我便能夠描繪它——那麼我便遠離爭戰，將我的藝術化作愛的故事。

# 綠苔撫石

凌晨下起傾盆大雨。世界消失了，河流波濤洶湧。玫瑰跪在榻榻米上，看見地上擺著一個托盤，上面放了一杯水和一顆白色藥丸。她想像保羅打電話給佐世子，和她聊到自己，並交代她該怎麼做。一陣曖昧不明的渴求，如浪潮般掠過心頭。她吞下藥丸，躺下。**他確確實實知道自己是誰**。她試著回想昨夜的對話，回想對話的框架與結構。該如何知道自己是誰呢？她心想。

2譯註：一六二六～一七〇五，八大山人，明末清初畫家。其山水和花鳥畫都具有強烈的個人風格和高度的藝術成就。他的書法亦與他的繪畫風格相似，極為簡練，風格獨特，常有出人意料的結構造型。

而那閃著金光的牆面再度浮現心頭——那些石頭，它們突如其來的存在感，它們那悄無聲息的贈予。那庭園叫什麼名字？龍安寺，她很得意找到答案，但緊接而來的卻是令人苦悶的念頭：我不存在，我無法知道自己是誰。

她洗好澡，穿上衣服，每個動作都做得辛苦；她再度躺下，等待頭痛緩解，同時發現山茶花不見了。過了一會，她走至大廳，看見佐世子穿戴著初見面時的褐色和服和牡丹腰帶。佐世子坐在矮桌前，忙著在帳簿上抄抄寫寫。接著她起身走進廚房，端著早餐回來。玫瑰和一整條魚奮戰時，佐世子繼續記帳。雨水落在楓樹下的苔蘚上，發出不尋常的濁音。玫瑰吃完早餐打算離去，卻又改變主意。

「今天我房裡沒有花？」她問。

佐世子面露微笑。

「保羅先生要玫瑰小姐自己選。」

訝異之下，玫瑰保持沉默。佐世子端詳著她，表情既認真又專注。

「保羅先生，神祕的男人。」最後她這樣說。

玫瑰看著佐世子，佐世子所說的下一句話更讓玫瑰訝異：

「很勇敢。他懂花。」

這兩者有什麼關連？玫瑰想著，而我呢？我勇敢嗎？

「玫瑰小姐要什麼花？」佐世子問道。

玫瑰有點不知所措。

「在法國時，我喜歡丁香花。」她說。

「日本有丁香，」佐世子說，「ライラック，現在，好季節。」

她們聽見玄關門拉開的聲音，保羅走了進來，玫瑰滿心迎向他微笑的臉龐，他沉思著的眼神。她心想，他很好看。他對佐世子說了幾句話，佐世子急忙踩著小碎步離開。

「您有好好休息嗎？」他問。

「有，但我頭很痛。」她說，「您呢？」

「我沉沉睡了一覺，現在簡直像是另一個人了。」

佐世子端著咖啡回來，他緩緩喝著咖啡，聽佐世子滔滔不絕。玫瑰等待著，看著他們，感覺有個轉瞬即逝的生命在她心中開展，然後消逝。最後他們盯著她看，佐世子微微點頭。

「您準備好了嗎？」保羅問道，「今天得準時赴約。」

在車內近距離面對保羅讓她心神不寧。他看來依舊疲倦，有點心不在焉。

「我們要去哪？」她問。

「去城的另一邊，嵐山。」

「這個地名有什麼含意嗎？」

「風暴之山。」

「我們要去哪座寺院？」

「西芳寺。」

他們朝西行駛許久，兩人保持靜默，並未看著對方。城市的風景變了，變得悲傷而毫無特色，毫無市中心的魅力；他們穿梭而過的街道擠滿了許多相似的建築，充斥著醜陋的霓虹燈；一想到自己認識的日本僅限於六座寺院和一座墓園，她便不安起來。終於，他們駛入一條沿途佈滿高大竹子的狹窄街道，進入幾乎可算是鄉村的地區。大門前方，已有其他訪客在雨中等候。幾分鐘後，一名穿著白領黑色僧袍的僧人前來開門，保羅如同其他訪客遞給他一張紙，所有人便跟著他走到木造大殿前。他們來到一間大廳，地上擺放著矮桌，上頭放著紙張、墨水與毛筆。保羅示意玫瑰待在大廳後方並在一張小桌前坐下。她模仿身邊的日本女士屈膝坐在腳跟上，腳趾微微朝內，而保羅則將雙腿彎向一側，同時偷偷地皺起臉來。她端詳眼前這張紙，上面有一些漢字，她想請人解釋一下，但幾名僧侶在此刻魚貫進入屋內，走向大廳中央。一名面有慍色、位階較高的僧侶費力地以英語要求他們以墨水抄寫面前的經文。一名年輕僧侶盤腿坐下，面前是一張小凳，凳上放著一尊閃著光澤的黑色頌缽，另一位則坐在一枚放置於繡花大座墊上的雕刻木魚前。兩名僧人手中都拿著小木棍。玫瑰打了個哈欠。

清脆的三擊，沉重的響聲，揪住了玫瑰的心。她坐直身子，看著第一名僧侶將木棍從散發光澤的砵前挪開，第二名僧侶則開始以快速而規律的節奏敲著木魚。空氣中飄蕩著焚香氣息，僧人開始誦經，聲音單調而不連貫。清脆的敲砵聲不時呼應著誦經的節奏。玫瑰身旁的日本女士抄寫著經文，但玫瑰覺得自己被一股深深的水流沖走，潮溼土壤混雜著塵灰與花卉的氣味令她心醉。最後，僧人停止誦經。看來脾氣不佳的僧侶說了些玫瑰聽不懂的話之後，每個人都拿到了一小塊竹片。日本女士對玫瑰指指她的毛筆，用英語說：「寫願望。」

「剛才唸的是什麼經文？」玫瑰問保羅。

「はんにゃしんぎょう，心經。」他答道。

「經文的主題是愛？」

「經文的主題是『空』。」

「關於心的經文，講的是『空』？」

「是的，關於徹悟之心的經文。」

她笑了。

「真難得，我覺得找到了自己的位置。」她說。

他面露微笑，起身時再度皺起臉來。他們沿著屋外的河流走到一扇大門前，又有僧侶說了一大段話，玫瑰並未留心傾聽。終於他們重獲自由。外頭下著毛毛雨。誦經聲——那清脆的節奏，那沉濁的悶響——依舊迴盪在她心中。他們走上一條蜿蜒的石板小徑，頭上是鋪天蓋地的楓樹。這裡的樹下竟有著灌木叢，她震驚地心想。碩大的雨滴不停自群葉落下；驚人的苔蘚征服了所有地盤；那苔蘚覆蓋了樹根與石頭，極為厚實，翻騰律動，映照著雨水的閃光。

「西芳寺的別名又稱苔寺，苔蘚之寺。」保羅說。

她心想，青苔擁有蠱惑人心的魅力——不，是青苔底下的土地有股魔力。

「陽認為苔寺的土壤有魔力。」

「您呢？」她這樣問，但內心真正想說的是：你呢？

他沉默不語。之後兩人走到繁葉下一座偏僻的水塘邊時，他說：

「對我來說，這是個充滿回憶的地方。」

玫瑰凝望著池塘。一座覆滿青苔的橋跨過一道狹窄的支流，一抹輕盈的蒸氣拂過水面，池岸的形狀在她看來就像某個字體。

「池沼的溼氣延續了青苔的生命。」

「這池塘的形狀很特別。」玫瑰說。

「據說它描繪的是『心』的漢字。」

他抬頭看著樹木。

「這裡，是我們最後一次無憂無慮散步的地方。」

一陣悲悽的風掃過玫瑰，她心想自己從不為任何人哭泣。那沉濁的誦經聲像遠方嗡嗡共鳴著的旋律，現在依舊如搖籃般輕晃著她。青苔上閃耀著珍珠似的雨滴——這是季風帶來的露珠，她這樣想著。他們繼續前行。有什麼自土壤中翻湧而上，她能感受到它的撫觸、它神祕的魔力。

「那時安娜一歲，我把她背在背上。」保羅說，「她說她記得，但我不懂她怎麼有辦法記得。」

快活的惡魔，玫瑰想著。他們默默走著。接近庭園盡頭時，她看著那些扎根於柔軟青苔中的樹木；她看著雨滴，水落在植物上的溫柔，植被覆在土壤上的溫柔；這是一種愛撫，她這樣想著。露珠與青苔展現的友愛，再加上誦經聲、土壤與樹木的交互融合，這一切使她頓悟一件顯而易見之事：一直以來，她都在為寶蘿哭泣，且從未停歇，她已默默哭泣了好多年頭、好幾世紀。她伸手輕撫胸口，接著一切都消失在墓地的芬芳與黑色雨水的聖詩之中。

他們再度啟程，在鄉村地帶沿著河流向北行駛幾公里後，來到一座由金屬與木頭建造的大橋，這一帶頗為熱鬧，河畔林立著餐館與色彩繽紛的小店。他們在上游處下了車，穿過一道灰色短門簾下方，進入一間鋪著榻榻米的餐廳，大大敞開的拉門外是種著杜鵑的庭園。保羅點了餐，服務生送上茶與冰啤酒、兩個漆器盒子，和一個當中插著一支彎曲握柄的小形木製容器。玫瑰打開面前的盒子，裡面是一片片塗著黃褐色醬料的魚肉，下面鋪了一層白飯。

「鰻魚。」他說。

他拿起木製容器，舀起一匙綠色粉末灑在鰻魚上。

「山椒粉。」

她品嘗著鰻魚。魚肉在油脂豐富的灰色魚皮上分解為層層薄片，醬汁的甘甜滋味使她訝異，魚肉入口即化，如絲的柔軟質地既無韌性亦無黏性，與醋飯非常對味；她邊喝啤酒邊看著保羅，因他保持沉默而鬆了口氣。他用完了午餐，將雙腿伸直，背倚在牆板上。她渴望著，希望他會想要她，希望他能和她分享他真正的模樣，那渴望之濃烈，使她痛苦。**保羅是個祕密而複雜的人**。這是誰對我說過的話？她尋思著。是蓓詩．史考特。

「佐世子不喜歡蓓詩．史考特。」她說。

他挑眉，似乎覺得很有趣。

「蓓詩在京都不太受歡迎，她做生意是出了名地不留情面且不守規矩。如果涉及個人利益，她就不太在乎別人。」

「她做的是什麼生意？」

「她藉由從她丈夫那兒繼承的房產，打造了一個帝國。」

「她丈夫是日本人？」

他點點頭。

「她很強韌，」他說，「不管外人如何評價她。她雖是外國人，卻成功在京都樹立了威望。這是很了不起的戰績。」

「您和她處得好嗎？」

「非常好。」

「我父親呢？」

她感覺他內心一震，因為她說**我父親**。

「陽很喜歡她。」

「為什麼？」

「他喜歡受過傷的人。」

「她也經歷過喪子之痛，是這樣嗎？」

「您只憑一點點線索就猜到了。」他說。

她不知所措地搖搖頭。

「這不是我第一次注意到這件事。」

他眼神中有股奇異的溫柔，她想像他正想著某個別人，想像他不久前剛愛上一名陌生女子。想到再過不久，他便會從她的生活中消失，從她的視線與人生中消失，她就不安極了。

「差不多該去公證人那兒了。」他起身說道。

他在入口處的櫃台結帳時，她看出他的髖骨疼得厲害。他向門口踏出一步，又轉過身來，她停在他身後。

「那並不是登山意外。」她說。

他臉上掠過一抹倦意。

「是的。」他說。

她跟著他走到屋外。又開始下雨了。寬渡對保羅說了些什麼，保羅拿起手機用日語講了一通電話。她看著被水淹沒的街道，看著街上來來往往的行人與透明雨傘。青苔的溫柔伴隨著她，與她內心恍若深淵的悲傷對峙著。我是陽的女兒，她心想，我只是陽拜託他帶著在京都遊覽的女人。他二十年前就認識我了，他知道我是怎樣的人，知道我的空虛與憤怒。突然間，她深深體悟到，他看過她和前男友們的照片，這讓她痛苦萬分。**而在那個時候，他深深愛過，他因這份摯愛而痛苦**。車停在市中心一條街上，暴雨如注。寬渡過來幫她開門，為她撐傘，護送她走到一棟陰森的灰色大樓門口。保羅來到她身邊，推開另一扇門，帶她走在錯綜複雜的走廊迷陣之中，又推開另一扇門。櫃台後方一名女性職員起身對他們鞠躬，帶他們進入一間辦公室，裡面的一名年邁男子與一名年輕女子也對他們鞠了個躬。

「我將擔任您的口譯員。」年輕女子對玫瑰說。

「保羅不能翻譯嗎？」玫瑰問道。

「這是法律規定。」年輕女子說，「我很抱歉。」

她長得很美，擁有一雙淺灰色眼眸，戴著一枚多彩寶石浮雕墜子。

「這樣就很好了。」玫瑰說道，為自己的魯莽而懊惱。

保羅和公證人友善地聊了幾句。公證人長得像隻老青蛙，寬嘴窄額，炯炯有神的目光中帶著詢問，嘴角的微笑卻予人溫厚的感受；奇怪的辦公室兩棲類，她心想。眼前的一切顯得不真實，年輕女子翻譯道：「我負責向您傳達您父親的最後遺願。」而玫瑰沉入了水裡。她再也無法專心，只能斷續捕捉到一些她無法理解的隻字片語，在冰凍的黑水之中，氣喘吁吁地掙扎。某一刻，她瞥見保羅擔憂的眼神。他站起身，過來將手放在她肩上；那溫和的力道帶她回到水面。公證人遞給她一份檔案，她不知如何反應，保羅代她接過文件夾之後，仍舊站在她身旁。過了一會，口譯員問道：「您都理解了嗎？您有任何疑問嗎？」她搖搖頭，年輕女子接著說：「現在，有些文件需要您簽名。」玫瑰看著保羅，喃喃說道：「我想離開這裡。」他對公證人說了幾句話，扶著她的臂膀帶她穿越重重走廊。在門簷下，在震耳欲聾的暴雨聲中，她呼吸急促。「我們回去了。」保羅說。在車內，她開始大聲啜泣。

他輕輕摟住她的肩，向寬渡交代了些什麼，寬渡打了一通簡短的電話。保羅將雙唇印在她的鬢角上，輕撫著她的頭髮。玫瑰釋放內心所有感受，像孩子一樣哭得更加大聲。抵達家門前時，她感覺到保羅和她拉開了距離，那痛苦令她難以忍受。佐世子在架高的地板上等著他們，手中拿著一塊織物。她用那塊布裹住玫瑰，讓玫瑰靠在她身上，將她帶到楓之廳。幾杯熱茶在矮桌上冒著煙；室內點了淡淡的薰香；玫瑰癱坐在地上。保羅低聲說著話，佐世子點著頭。他在她身邊坐下。

「您好好休息，我晚點回來。」他說。

她噙著淚搖頭，但他依舊走遠，和佐世子說了最後幾句話，離開了。佐世子跪著用手絹擦拭玫瑰臉上的淚水。玫瑰猛然站起身來，衝到玄關，打著赤腳奔至庭園。在大門的另一側，保羅正在車子前闔上雨傘。

「您別走。」她大嚷。

他拋下傘，走了回來。她在傾盆雨瀑中佇立著，他緊緊抱住她。佐世子來到屋外，他們再度帶她進屋。保羅俯向玫瑰，溫柔地撥開她的頭髮。

「我很快就會回來。」他說。

「拜託你別走。」她輕聲說，並握住他的手。

他將手抽回，她低下頭，不願看著他離去。公證人剛才說的話，排山倒海而來。她繼承了她父親的所有財產，她父親寫了一封信給她，保羅也附上他在告別式上朗讀的那封信。她躺在地上，一小時就這樣過去了。佐世子過來告訴玫瑰她要出門一趟，說保羅會過來接她去吃晚餐，要她小睡片刻。玫瑰依舊不發一言。不久後，她的手機響了，螢幕上顯示著**保羅**。她聽見保羅說：「玫瑰，您別擔心，今晚我會在。」她輕聲囁語：「你現在就回來。」他結束通話。她向楓樹祈願，向寺院中的青苔祈求，祈求那召喚、那撫觸。她聽見一聲聲響，走至玄關拉開屋門，保羅就在面前。

她笑了。他向前踏出一步，吻她。

# 十一

傳聞，真正的抽象畫始祖是足利幕府時期的水墨畫大師雪舟*。他雖然嫻熟構圖與描繪技巧，卻只愛在空白畫卷上隨意揮灑濃濃的墨滴。一日，一名富有的客戶對這天馬行空的作畫手法大感訝異，便詢問雪舟打算畫些什麼。「一道櫻花枝椏。」雪舟如是回答，並在這名驚詫的貴族面前，將黑色流螢化作一根綴滿花瓣的櫻樹樹枝。「那麼，繪畫不過是一場即興演出？」對方問道，而雪舟回答：「世界正如三日未見之櫻。」

*譯註：一四二〇～一五〇六，日本室町時代畫家。早期主要繪畫宗教人物，後來廣泛取法中國唐宋元三朝之繪畫，《四季山水畫》就是他訪華期間完成。一五〇二所繪之《天橋立圖》為其巔峰作。

他摟著她走進房裡，在彼此褪去衣物時凝視著她的雙眼；她覺得自己像是初次見到男人裸體。他進入她時，她絕望且熱切地緊緊擁抱住他；他亦以雙臂環住她的腰，緊緊擁住她，將頭埋進她的頸項。在快感之上，覆上了另一股更加強烈的感受，那是她從未體驗過的感受——**親密感**，她突然這樣想，她在這項新發現所帶來的迷醉暈眩之中進入了高潮。之後，他再度凝視她的雙眼，她感覺到淚水自雙頰滑落。他高潮時所發出的喊叫聲帶著一種放下重擔的解脫、令人心碎的哀傷，以及感激之情。他倆之間的濃烈親密感令她震撼；其他男人從未以如此具體的方式讓她感受到對方的存在；她因這副軀體屬於保羅而感到飄飄然。他躺了下來，將她抱在懷裡，但不久後又溫柔地挪開身子，注視著她。他們在雨聲中入睡。不久後，玫瑰驚醒，屋內只剩她一人。她坐起身子，聽見水聲，再度倒回被窩。保羅走出浴室，衣著整齊，仍溼著頭髮。他在她身旁蹲下。

「佐世子快回來了。」他說，「我帶妳去吃晚餐。」

她細細端詳他的眼眸，他扶起她，擁吻她。她沖了個澡，塗上口紅，前往楓之廳。

「佐世子快到了。」他說。

她在玄關停下腳步，眼前是一只黑色的陶製大花瓶，精力充沛的白色丁香花自其中蜂擁而出。

「玫瑰。」他呼喚著。

他們穿過庭園逃離，庭園在雨中彷彿溶解了似的。到了車內，他用手覆住她的雙手，簡短交代寬渡去處，打了一通電話。白日的盡頭隱沒於明亮的暮色之中，陰暗的天空中湧現一道細長的紫色閃光，使雲朵顯現出來。街道如彗星流轉。再度來到市中心，一條昏暗的走道，一座電梯直達頂樓。他們並未交談，只是相互凝望。抵達頂樓後，來到一間餐廳，巨大的落地玻璃帷幕與牆等高，完全不見窗框。東方山巒如巨人靜靜沉睡，光彷彿穿越不可見的井，從空中照耀下來。右側一處壁龕內的淺色陶瓶被不知名的枝椏所掩沒。服務生帶他們至窗邊一張桌前坐下，清酒隨即送了上來。保羅為彼此斟酒，向後倚著椅背。片刻沉默，玫瑰等待著。

「抱歉我之前逃走了。」他開口說道。

她本想回應，但他以手示意她先別說話。

「我要告訴妳，這一週對我來說代表了什麼。」

他微笑著，她亦對他微笑。

「我已經認識妳二十年，但是當妳真的來到這裡時，我還是不知所措了，儘管我已經知道這麼多關於妳的事。我只能從照片中看見妳的漠然與悲傷。我已經準備好要面對陽的女兒，但出現在我面前的，卻是一名陌生的女子。」

他啜了一口清酒。

「我完全沒料到妳會是這樣。」

「我是怎樣的？」她邊問邊想：我每天都這麼問自己。

「我也想知道。」他說。

接著他沉思道：

「無論如何，妳是一朵充滿力量的花。」

過了一會，他又說：

「儘管我必須提醒妳一個事實，妳每隔五分鐘就會哭泣。」

服務生端上生魚片，他表達謝意，說了幾句話。服務生恭敬地鞠了躬，玫瑰明白了，他要求不被打擾。

「我看見妳跪下去撫摸墓園的土壤時，便愛上了妳，那股感受太過強烈了。所以我逃去了東京。佐世子將妳寫的訊息轉交給我後，我便跳上第一班火車，卻不知道該怎麼辦。我完全愣住了。」

玫瑰透過偌大的玻璃窗看著群山閃耀，感受這些靜靜佇立的山巒所散發出的善意。她覺得自己彷彿正扎根於未知的材質之中，害怕再度被風暴席捲而去。

「你人在東京，佐世子怎麼有辦法把我的信交給你？」

「她用手機拍了妳的信。」

「她讀了？」

「她不懂法文。」

「那封信不需要會法文也很好懂。」

他看著她，一臉有趣的表情。

「像我們這樣的人究竟能不能得到心靈的平靜呢？」她問。他依舊沉默，於是她又說：「像我們這樣歷經磨難的人？」

他沒回答。

「到目前為止，我沒有成功過。」她說。

「這幾天我們一同經歷的是一種『無人地帶』，真實的人生現在才要開始。誰能預料之後會如何呢？但我已準備好要嘗試了。」

他輕撫著她的手。

「我也等不及了。」他說。

她傾身靠近他，一顆淚珠滑落臉龐。

「我無法想像離開這裡。」她輕聲說。

她看見他眼中掠過一抹溫柔，剛才就是這奇異的柔情讓她以為他愛著另一名女子。

「有時安娜會讓我暫時忘記苦難的滋味，就只有安娜可以。」他說，「今晚，我並沒有感受到那股滋味。我以為我必須活下去，但或許我應該死去，然後重生。」

她想著柴田惠輔，想著他瘦削的靈魂，想著他唯一僅存之物。她嚥下一塊鮪魚生魚片，入口即化的肥美魚肉撫慰了她。

「我等會不能和妳一起回陽家。」保羅說，「佐世子會在那兒過夜，安娜在家等我。明天早上我要帶安娜去看一場戲劇表演，結束之後我會來接妳。」

她放下筷子，有點失望，不知所措。

「妳有兩封信要讀。」他又說道。

一名女子走近。是蓓詩．史考特。

「蓓詩，」保羅起身和她行吻頰禮，「您怎麼會在這裡？」

「商務應酬。」她指著門邊一桌日本人說。

接著她問玫瑰：

「您明早願意和我喝杯茶嗎？」

玫瑰一時無法反應，答應了。蓓詩對保羅說了幾句日語，保羅點頭。蓓詩正打算離去，卻又轉過身來對保羅說了些什麼。保羅露出詫異的眼神，簡短地回答她。玫瑰看著她走回門邊那桌客戶身邊，逗笑那群西裝筆挺的日本人，接著叫喚服務生，服務生趕緊奔至蓓詩身邊低身鞠躬。

「她跟你說了什麼？」玫瑰問道。

「妳們明早見面的地點。」

「然後呢？」

他猶豫了一下。

「世の中は三日見ぬ間の桜かな。世界正如三日未見之櫻。這是一句古老諺語。」

她思考了一下。

「你怎麼回答？」

他沉默了一會。

「灰燼之後，是玫瑰。」他終於這樣說。

他起身，她跟著他走至門口。他對蓓詩揮揮手。他在電梯中將她擁入懷裡，吻她。風雨在屋外迎接他們，他跟著她上車待了一會，讓車門開著。

「那兩封信是誰翻譯的？」她問，「是你翻譯的嗎？我能承受得了信裡的內容嗎？還是佐世子又得拿一條大圍巾把我裹起來？」

他輕輕笑了。

「是我翻譯的。」他說。

他傾身靠近她，輕撫她的雙唇，下車離去。

回到家中，她上樓回房，脫下衣服，在黑暗中就寢。她久久無法入眠，直到夜空變得清朗，露出銀色月亮。她在一種受到庇佑的感覺之中入睡。早上她猛然驚醒，迅速著衣衝到楓之廳，看見佐世子坐在矮桌前。

「玫瑰小姐和史考特太太，十一點見面。」佐世子對她說，「寬渡先生，十點四十五分到。」

玫瑰的手機響了。保羅說：「玫瑰。」她笑了，回道：「保羅。」他也笑了。「我們下午見。」他說。她結束通話，回到房間，從公證人給她的檔案文件夾中拿出父親的信，回到楓之廳，將兩封信放在玻璃亭前的地板上。佐世子從眼鏡上方看著她，玫瑰要了一杯咖啡，躺上和室沙發椅。十點四十五分，她出門，蒼白的太陽穿透蒼白的薄霧，清晨彷彿奄奄一息，淹沒在灰色調的漠然裡。車程很短，她在一棟淺色木造現代建築前下車，正面的大片玻璃櫥窗前裝著由淺色木頭製成的平行窗板，看起來像充滿現代感的鏤空蕾絲。茶屋旁有一條河，河床上鋪著黑色石頭。茶屋內的天花板呈拱穹狀，由弧形木條支撐。一切皆澄淨而高雅，靜止的水面映照著華美的天空。

河的對岸有座花園，綠色草地上可見一棵楓樹、一棵櫻樹、矮竹、橙紅色的方形拱門——我可以在這裡生活，她心想。她看見蓓詩坐在茶屋盡頭。茶屋的裝潢素樸，採黑色與米色調。前方有幾座低矮的書架，桌上陳列著藝術相關書籍，封面圖片包括木造走廊、茶樹栽植，還有和服。蓓詩抬眼。

「您看起來容光煥發。」蓓詩說。

玫瑰在她對面坐下。蓓詩的手機響了，她接起電話，聽著對方說話，用日語簡短回覆，掛上電話說：「佐世子打來關心您。」

「她和我父親是什麼關係？」玫瑰問道。

「他們的關係？她擔任他的管家超過四十年。他把自己的人生全交給她打理，外加他的帳戶和待洗衣物。」

「她有丈夫嗎？有孩子嗎？」

「連孫子孫女都有了，就像大多數她這代的女人一樣。她們一生犧牲奉獻，承受著過度的義務、工作與沉默。對佐世子而言，陽的死是一樁大悲劇，但您永遠不會聽見她把心中的苦說出來。」

「她不大喜歡您。」玫瑰說。

「這樣講算是委婉的了。」蓓詩說，「但從某方面來說，我可以理解。日本女人是被囚禁的光，而我卻帶著我那屬於自由女性的憂鬱，在她們的寺院與庭園裡四處漫遊。」

玫瑰面前送來一碗抹茶，放在黑色的漆器托盤中央。白色瓷碗上有枝櫻花樹枝，垂死的櫻花距離杯緣只有幾公分。

「這季節還能看到櫻花很不尋常。」蓓詩說。她的茶碗則有著褐色波紋，此外毫無綴飾。

「所以，」蓓詩說，「您和保羅。」

玫瑰保持沉默。

「人生真是充滿驚奇，」蓓詩繼續說，「我的判斷錯誤了，您並不是無法改變。」

「我還可以更讓您訝異，」玫瑰說，「誰都料不準我不會明天就投河了。」

蓓詩輕笑一聲。

「能比保羅更讓我敬重的男人不多，」蓓詩說，「您配得上他嗎？克拉拉很有魅力，她讓保羅的生命充滿歡笑、陽光。您很難相處，一點都不有趣，個性也太過極端，他並不是為您感到著迷，而是被您所震撼。他或許還以為有朝一日，會有另一個克拉拉來安撫他，會有另一段帶來同樣幸福的感情來撫慰他的心，而您卻這樣出現了，連同您的憂鬱、憤怒，還有您那糟糕的個性。」

蓓詩喝了一口茶，繼續說道：

「你們是不會順利的。」

玫瑰輕撫她的茶碗。

「您失去過一個兒子，對吧？」她問。

蓓詩屏住呼吸，眨眨雙眼。玫瑰看著她，敬佩她還能如此自持。

「您的直覺很準。」最後蓓詩這樣說。

「您很難應付，很冷漠，但您看著保羅時，就像在看自己的兒子。」玫瑰說。

蓓詩微笑，但並非出於喜悅而笑。

「您也很難應付。」蓓詩說，「但認識您讓我感覺好多了，因為我看得出您在這裡找到了和我一樣的慰藉。」

玫瑰啞口無言。

「在別的地方，美麗的事物總讓我覺得不舒服。只有在這裡，『失去』這件事才顯得不那麼殘酷。為什麼呢？我不確定自己真的想了解理由，我害怕知道之後，它緩解哀傷的效力會消失。但我去到那些庭園，它們就像石頭一樣鋒利，就和青苔一樣柔軟，我因此成為了另一個人，在那一刻，我變得能夠接受已經發生的一切。經歷喪子之痛的人無法繼續苟活，只能變成另一個人，一個有時可以再次呼吸的人。」

她看著玫瑰，顯得悲傷又疲憊。

「第一次見到您的時候，我就對您很有好感，」蓓詩說，「相信我，我不常這樣。您當時瀕臨一種什麼都可以去嘗試、也什麼都可以拋下的狀態。

不要糟蹋了您的機會。」

「這是個有趣的問題，」玫瑰說，「從來沒能得到的，有辦法失去嗎？」

說出**得到**時，她想到保羅，那慾望如此強烈，讓她不禁低下頭。

「最令人難受的，是無法繼續給予。」蓓詩答道，「我曾是個戀愛中的女子，能為對方跳入火海，但我卻因為自己犯的錯而失去了他。從那一天起，我便成了行屍走肉。」

蓓詩笑了，她的笑裡帶著自嘲與倦意。她優雅地輕拂額頭，指著玫瑰的茶碗。

「櫻花是一種很有力量的花，它的漂亮外表只是假象。它的狂熱激情與豐沛能量，使得它的饑渴毫無止盡，它是生之慾，是盡情嘗試的慾念，是死亡的趨力。」

「但是到了最後，櫻花終將死去。」玫瑰說。

「沒錯，到最後，我們都不免一死，」蓓詩說，「所以不如就讓生命即席演奏它的樂章。」

她感性地握住玫瑰的手。

「不然的話，」她說，「在下地獄之前，人生就已是地獄。」

她鬆開手，起身。

「他叫威廉。他在二十歲那年自殺了。那已經是三十年前的事了，卻也像昨天才發生。」

玫瑰看著她走遠，挺著腰桿莊嚴地走在她那深不見底的苦痛之中。她亦離開茶屋，請寬渡載她回去。

在空無一人的楓之廳裡，她走向放在地上的兩封信，再度看見在她唇畔不遠處垂死的櫻花樹枝，她想像櫻花，想像花瓣的茂盛洋溢——它們的饑渴，它們的貪婪，它們瘋狂地試圖與企求去活的慾望。她拆開第一封信，讀了開頭前幾個字，又將信紙放回桌上。她父親在信中寫道：玫瑰，世界就像是我們隔了三天未去觀看的櫻樹。

# 十二

在混亂的日本中世紀時期，亦即西方歷史學家所謂的**顛倒之世**[1]，一名愛好藝術、同時嫻熟劍術與書法的武士，每隔一段時日便會返回九州鹿兒島與妻兒相聚。木造緣廊圍繞的庭園中，有棵絕美的楓樹。當他的兒子已經夠大歲數，表示希望至全國各地遊歷時，武士要他看著秋日的火紅楓葉，說：楓樹的所有變化都在其自身完成，這棵楓樹比我更不受拘束；你要成為楓樹，要為了能讓你自己產生蛻變而去旅行。

1 譯註：Un monde à l'envers，西方史學家稱呼日本鎌倉時代至南北朝、室町、戰國時代這段時期的用語，諳法文的讀者可參考法國學者Pierre-François Souyri的著作《中世紀日本史：顛倒之世》（*Histoire du Japon médiéval : Le monde à l'envers*, Perrin, 2013）。此時期比較特別的事件是「天皇叛亂」和「倒幕」。

## 成楓

她拿起第一封信，拆開，保羅在一張紙上寫了簡短的文字：**我並未翻譯信件的開頭語，包括姓名、稱謂與慣用禮儀用詞等。我直接從正文開始翻譯。**那大而整齊的字跡讓她動容。在另一張薄紙上的信件內容以打字而成。信末，蓋著陽的印章。陽寫道：**在死亡之門前，我不得不向各位坦承，我對你們隱瞞了幾乎一輩子的事。四十年前，我愛過一名法國女子。一個女孩自這曇花一現的愛情中誕生了，她很快便會來到京都繼承我的遺囑。她不曾認識我，但她會認識諸位。請好好接待她，請各位接受我卑微的請求，因為我是您們的侍從，我永遠欠您們這份情。**玫瑰的手顫抖著。她又看見那座墓園，顫動的細長木條、地衣覆蓋的石頭、神靈圍繞的階梯；她想像保羅站在陽的墳前，不遠處便是克拉拉的墳、信的墳；她想像更早之前，保羅對一群詫異無語的人們朗讀這封信。她將信放回桌上，又再度拾起。

玫瑰，世界就如同我們隔了三天未去觀看的櫻樹。昨日的妳是個快樂的孩子，是受傷的少女，是憤怒的年輕女子，但世界流轉如此之快，我現在說話的對象是已經成為過去的妳，但我寫這封信，是希望寫給未來妳將會成為的那個妳。在死亡來臨之際，盤點自己的一生竟是如此容易，真讓人訝異。一切一切皆已分類完畢，人生只剩裸骨，濃縮為最重要的精髓。我如今知道，沒有比妳的誕生更加震撼人心的事了。回顧過去這四十年，我最先得到的結論是，我愛妳。若在缺席這麼多年後，以我的病痛造成妳的負擔，那我算是什麼父親？我能給妳什麼是文字所無法給妳的呢？若只給妳留下文字，我便能使妳免於看見悲慘的病軀，免於見證敗戰之恐怖，免於承受變質為懲罰的愛。相反的，我要告訴妳我身為父親對妳的欽佩，以及生命中有妳是多麼令人欣慰。我看著妳成長、跌倒、重新站起，妳依舊是完整的妳，總是那麼獨一無二，又總是那麼不快樂。我們日本人在這受盡磨難的列島上，學到了苦難是多麼冷酷無情，這與生俱來的沉重命運，讓我們學會將這天災頻仍的國度變為伊甸園，因此，我們寺院裡的庭園，是這屬於災厄、犧牲的國家的靈魂所在之處。透過我的血緣，妳領會世上的美與悲劇的方式不同於法國人。由溫和宜人的國土滋養長大的法國人，是無法理解這種領會方式的。在這號稱現代的顛倒時代，有能力將幻滅與地獄轉化為繁簇花田的，是妳的日本魂。別怪我讓妳去逛一間又一間的寺院，這個帶著偽裝的玩笑隱含著我真切的期望，因為我知道這些庭園具有撫慰人心與使人產生變化的力量。我真正遺贈給你的，是漫遊與文字，它們是財產與藝術品遠遠比不上的。妳是一朵充滿力量的花朵，出人意料，堅韌不拔，我對妳的力量深具信心，我相信妳的決心，我也期望這數十年的沉默不會只是徒勞，期望即使我已離開人世，妳依舊能夠藉由這封信繼承我的心志，感受到我對妳的愛。如此一來，我的一生便能在不造成衝突與悲劇的情況下，傳承至妳心中。

玫瑰張開雙臂躺在地上。楓樹微微款擺。這是我的家，她這樣想著，然後笑了。許久之後，她聽見玄關門拉開的聲音，保羅的腳步聲朝這裡靠近。他在她身旁坐下，撐著地板將手臂環上她的腰。她發現自己正默默流淚，恍若雨珠的淚滴，不停規律地靜靜落下。他撫摸她的額頭，以手指接住一滴淚水。她凝望著他，而他抱住她，兩人走向房間。她像是溺水之人用力將他拉向自己，像昨天一樣緊緊擁住他。是否會有那麼一天，我將會以不同的方式慾望他呢？她如此自問。一股莊嚴的肅穆感籠罩著兩人，使得每個動作都充滿宗教式的熱忱；兩人裸裎相見的事實對玫瑰而言恍若奇蹟，那股猛烈的快感令人愉悅；保羅看著她時的模樣，是一名從重擔中解脫的自由男子，帶著前所未見的歡愉。她幾乎認不出他沉浸在快感中的臉龐，那臉龐散發著光輝，所有悲痛皆已洗滌一空。她緊靠著他，將背貼在他的胸膛上，他用雙臂環抱她，將前額倚上她的後頸。過了一段時間，他們相互凝望。保羅轉身去拿外套，從外套中抽出一個信封，上頭蓋著陽的印章。

「正本。」他說。

她跪著端詳上頭以紅色印泥蓋出的兩個漢字。

「這是日文中最繁複的漢字之一。」他又說。

「印章刻的不是他的名字嗎？」她問，但就在同時，她懂了，她喃喃輕語：玫瑰[2]。

「我們也是直到他過世後，才知道這件事。」

她打開信封，抽出兩張近半透明的信紙。黑色墨跡，恍若狂草。左上角寥寥數字，懸在信件內容上方，她以指腹輕撫著這些字。

「**彼世唯有露水掌權**。」保羅翻譯道。

她因為困惑而挑眉，他說：

「這是惠輔作的詩句，陽指定將這句話刻在他的墓碑上。」

她又看見西芳寺青苔上的點點雨珠，似乎在其中瞥見了一道臉孔的變形倒影。

2 譯註：玫瑰的日文漢字為「薔薇」。

「他在高山激流旁成長，」她說，「我總覺得他應該會選一首關於冰封之水的詩。」

「陽想像人生就像渡過一條因水深極深而呈現黑色的河流。有一天，我聽見惠輔對他說：『你是對的，露水在河彼岸。』」

她察覺內心一陣陌生的低語，再度看著那恍若狂草舞動的文字。

「他的字跡很美。」她說。

「陽是個商人，是一名武士，但他尤其是個藝術愛好者。」

「一個實實在在的日本人。」她說。

「一點也不。」他說，「就某些方面而言，他很不像日本人，他的喜好和同世代的日本人大不相同。他無意結婚，也不打算建立家庭，他不會去藝妓那兒作樂，更別說是上酒店了。他人生中有過不少西方女性。」

「當中包括蓓詩嗎？」

「是的。」

「她喜歡日本男性？」

「她喜歡各種男性。她有過許多情人，即便在已婚的情況下也一樣。」

「我也有過許多情人。」玫瑰說。

「我知道，」他微笑說道，「但妳還沒結婚。」

「那些情人我一個都不記得。」她喃喃說道。

他閉口不語。

「為什麼陽什麼都沒留給你？」她問道。

「我拒絕了。」

他皺著臉站起身來。

「這我們晚點再談。」他說，「佐世子快回來了，我想帶妳去一個地方。」

「你為什麼會跛腳？」她問。

他沒回答。他進浴室沖了個澡，返回時衣著整齊。她非常訝異他神情輕鬆，眼中散發著光芒。她起身走近他，他緊緊抱住她，吻她，笑得像個無憂的孩子。她也沖澡更衣，去楓之廳和他會合，卻突然感受到一股深刻的敬意。楓樹彷彿站起身似的朝著大片塵灰高高聳立，枝椏恍如飛鳥的翅膀伸展開來，樹葉顫抖著，向不可見的巨大熾火擴展延伸。

發生了什麼事？她不禁自問。她看著灰雲滿佈的天空，空中是凝重滯鬱的風暴與暴雨之雲，而楓樹看起來更高大了。

「玫瑰？」保羅從玄關呼喚她。

她從那棵化作飛鳥的楓樹中回神，走了幾步又轉過身來，並在衝動之下鞠了個躬。保羅在門口遞給她一把傘，但她在走向他時，看見了白色丁香花那精力充沛的飛揚姿態，再度停下腳步，試著捉住一抹正要逃開的思緒。她走近那簇蓬勃繚亂的花，花朵下方是豐饒而柔軟的葉片，此時那思緒已消失無蹤。她跟著保羅上車；在車上，她執起他的手，湊至唇邊輕吻。車子駛向東方。寬渡在一條寬敞的林蔭道前讓他們下車，通往山坡的道路兩側是松樹與杜鵑花。路通往一座高大精緻的茅頂木造大門，穿過大門後，路繼續向上蜿蜒。天空微雨，他們緩緩走著。

「克拉拉過世兩年後，我曾經跟惠輔一起跳過河。」他說，「當時喝得爛醉的我們跨過三条大橋的護欄，我摔在一塊石頭上，他則是毫髮未傷地掉進河裡。之後，他在醫院對我說：『地獄，是連死神都不要你。』但對我來說，地獄，是我曾經背棄過安娜。」

「你是怎麼跟她解釋的？」

「實話實說。她爸爸是個白痴，喝太多了。」

他笑了。

「當時她四歲。她對我說：『那就喝一點點就好。』」

道路窄縮，最後來到石砌圍牆前，入口處的柵門後方坐落著層層墳墓。

「翻譯陽的信是一件很艱難的事，」他說，「他先前做的決定很讓人難受。我很希望妳能夠認識他。」

他在柵門前停下腳步。

「我們現在在哪？」她問。

「東大谷[3]。」

「這裡葬著什麼人？」

「沒有我認識的人，但這裡是舉辦盂蘭盆節祭典的重要場所。盂蘭盆節是亡者們的慶典。」

他們走進位於山丘高處的墓園，十幾條走道上的墳墓緊密相鄰，靜默的灰色石碑構成一片壯觀的潮浪。烏鴉的叫聲劃破寂靜，她很喜歡那奇異沙啞的叫聲。保羅走上高處坡道，她跟著他走在不停變換方向的階梯上，氣喘吁吁地來到最高處的小徑，站在他的身後。他倚著護欄，她也來到他身邊將雙肘靠在護欄上，望向眼前的景致。他們腳下，是規模龐大的墓園；墓園後方，是京都這美好城市的鳥瞰風景；遠處是嵐山陰暗的山稜線，在暮色之上緩緩延伸。雨停了，灰白的天空拖著黑色長痕，雲朵散成絲縷，恍若某種非現實的幻影。

「盂蘭盆節是什麼？」她問道。

「盂蘭盆祭典期間，人們會祭祀祖先的靈魂，感謝祖先的犧牲。人們會去到先人墓前，以供品祭祀先人，有時是千里迢迢前去祭祖，好讓先人從磨難中解脫。祭典會持續一個月，而在祭典高潮期間，東大谷這邊會點起一萬盞燈籠。」

「獻給先人的供品，是為了讓他們從什麼磨難中解脫？」

「據說『盂蘭盆』這個詞來自一首梵文經文，意思是『在地獄倒吊懸掛』[4]。」

**在這顛倒的時代**，她這樣想著，接著她又心想：我人生中的一切都是顛倒的，我是透過孩提時期的父親來認識父親，透過我所慾望的男人來認識我的父親。保羅看著她，她靠向他，他緊緊抱住她。京都在他們面前沉入夜裡。彼岸的露水輕拂著周遭的墳墓，亡者們不可見的生命在其中震顫著。保羅親吻玫瑰的鬢角。

「我們都是倖存者，」他說，「直到他人從我們的死之中倖存。」

---

3 譯註：大谷祖廟的通稱。

4 譯註：意指眾生在三塗惡道當中受苦受難，就如同人的腳朝上、頭朝下，倒懸著一般痛苦。典故出自梵文Ullambana，中文通常譯為「救倒懸」或「解倒懸」。

於是，在倒吊懸掛著的靈魂們所處的廣大墓園之中，玫瑰變成了另一個人。霎那間，她又看見玻璃亭裡的那棵楓樹；它雖扎根於青苔的流動性之中，在蒼穹之下卻又如此自由，以其無窮盡的變化賦予周遭事物生命，並對著玫瑰輕聲耳語微風與群葉的樂章；她任自己在這樂章之中漂流，無懼亦無怒；在感知的界線邊緣，她父親的那些庭園以及幾簇白丁香，亦與群樹與繁葉一同迴旋共舞。她吸了一口氣，聞到了土地的香氣、石頭的芬芳、事物完結的氣息。她發現保羅正流著淚，那無關悲傷，只是放任自己臣服於淚水，臣服於自己存在的事實，臣服於自己對她的慾望。她在心中放聲嘶吼，那吼聲如此駭人，如此美妙，而玫瑰因此誕生、死亡——最後再度重生。

「除了愛，別無其他。」保羅說，「愛之後，便是死。」

# 致謝

讓－馬希・拉克弗丁（Jean-Marie Laclavetine）

皮耶・傑斯泰德（Pierre Gestède）

讓－巴蒂斯・德爾・阿莫（Jean-Baptiste Del Amo）

艾蓮娜・拉米瑞茲・里科（Elena Ramírez Rico）

# 繁中版作譯者對談

撰稿／翻譯：本書譯者　周桂音

妙莉葉．芭貝里新作《唯一的玫瑰》延續了她在前作中對於美與愛的追尋，無論是《刺蝟的優雅》書中引人放下心防的茶花之美、《精靈少女》由水杯與三瓣蒜頭構成藝術作品的微小奇蹟、《奇幻國度》的異國庭園風景，抑或是《終極美味》由味蕾激發的鮮美救贖，都在本書繁花盛開的日式美學五感體驗之中以細膩的方式重現，使主角玫瑰在一朵花之間看見世界的美好，透過一棵樹感受生命的氣息，並從中成長、療癒心靈。以下透過幾個問題，期望幫助讀者更加深入本書世界：

**問**：您在一次訪談中提及自己經過十四年等候，才終於找到適合用來書寫京都的表現形式。《唯一的玫瑰》故事如十二件洗練雅緻的藝術品輪番展演，請問您如何構建這十二幅「畫」？十二則歷史小品故事的靈感從何而來？

**答**：您說得沒錯，我是因為找到了恰當的形式而開始動手寫作這本小說。最初，在我的想像之中，玫瑰會在京都度過一年，書中十二章對應的是一年中的十二個月分，而季節的更替則與她內心的私密轉變彼此共鳴，每個月分都有其對應的花朵。花是自然的藝術產物，它的形式既單純又繁複，僅僅透過幾片花瓣、幾片細緻的葉片，它便訴說了一切。它那充滿感性的植物構造，體現了我在京都所經歷的體驗。日本人非常崇敬大自然與季節更迭，我覺得花朵禮讚了這份崇敬。

為了使故事更加意義深遠，我構思了一些簡短的寓言，這些寓言在古日本與古中國的氛圍之中，以禪意的方式將玫瑰面對的內在衝突展演出來。我喜愛環環相繞的文字，這樣的結構展現了生命這塊布匹的樣貌，使人領會生命之線如何一織再織沒有止盡，有時也變換布料圖案。我也感覺自己已成熟到可以掌握一種凝縮且內斂的書寫風格，推翻我先前小說豐沛滿溢的風格——凝縮且內斂的風格正如我在京都的體驗，是一種與事物本質的正面對決，既不饒舌，也不浮誇。

**問**：感知世界、體悟自己存在於世，這是相當哲學性的主題，而玫瑰則是透過一種絕美的纖細詩意來體驗這一切。請問您如何看待哲學與詩之間的關係？此外，本書中經常可見相互對立的矛盾元素彼此並置在一起，這是一種事先擬定的風格，抑或是日本這個「既是全有亦是全無」的國家對寫作所產生的自然影響呢？

**答**：生命之神祕不正是文學小說、詩、哲學的共同主題嗎？詩嘗試以閃爍的光芒來述說它，哲學則嘗試以抽象概念來解釋它，而文學則嘗試藉由虛構人物經歷的種種情境來體悟它。它們都有其各自語言，但文學的語言能夠含融其他語言，它能召喚屬於哲學或詩的元素，並同時保有文學自身的特質。我一向熱愛這樣的兼容並蓄，它能自由召喚其他形式，毫無破綻，於是，儘管我完全不是禪學專家，但我很喜歡以「禪的方式」來嘗試使用對立的矛盾元素，它們展現了生命的曖昧含糊，以及人生既飄揚不定而又複雜、且經常自相矛盾的特質。這比我熟習的笛卡兒式的理性更能打動我，而旅居日本、遊歷亞洲的經驗，更是不容置疑地加強了、闡明了這自然而生的愛好。

**問：**花朵在您先前的書中已是相當重要的元素，而這次它們本身便是書中人物，每朵花都各有性格。這些花環繞著多刺而尖刻的玫瑰——您為何在眾多花朵中選擇玫瑰呢？您有偏好的花草樹木嗎？接觸大自然的難忘回憶？京都正如其他日本城市，經常以其春季與秋季的驚人美景深受禮讚，您為何選擇了無櫻無楓的夏季作為小說舞台呢？

**答**：我想要雨！人們說日本的庭園在雨中會更美，我覺得雨的詩意無窮無盡。況且，我認為讓玫瑰在天空烏雲密佈時走向光明，這是另一種意義獨具的矛盾元素。但玫瑰花對我而言，是一種不屬於日本的花，雖然日本也有種植。對我而言，「玫瑰」除了是常見的法國人名之外，也是本書主角玫瑰的歐洲印記。至於我在日本最愛的花或相關體驗，這是個很難回答的問題。京都的每個月分都有花朵盛開，充滿花香，極度神奇。冬季的山茶花、梅花與秋季的桂花，在我眼中總是那麼不可思議。但若真要選擇的話，在所有樹木、所有季節之中，我最喜愛的應該是楓樹、秋季，因為它們揉合了熊熊烈火與憂鬱之情。

**問**：《奇幻國度》與《唯一的玫瑰》如同一面鏡子的兩面，兩個故事皆出現了同樣的庭園景致、風格相仿的抽象畫，以及相似的人物：孤女、熟識花草的可愛老奶奶、默默照看著遠方女兒的父親、缺席或噤聲的母親、擁有真知灼見的酒鬼。兩本書中的酒鬼卻大不相同：彼特似乎無牽無掛而無所畏懼，而惠輔則失去一切、陷入絕望。您如何塑造這些角色？您透過惠輔這個角色寫出了一些詩，詩會是您未來創作的新方向嗎？

**答**：感謝您點出這些共同點，這經常需要透過旁觀者的觀察才能看清。彼特與惠輔確實都有敏銳的洞察力，而真知灼見者有兩種命運：享樂，或絕望。彼特從他的真知灼見當中得到的結論是必須開心活在當下，體驗所有可能的喜樂；而惠輔將他的絕望化作藝術與詩，這是能將苦痛轉化為光明的唯一方式。我非常欽佩詩人，他們的追尋似乎較其他藝術家的更加深邃、更加艱難，但我本身真的並非詩人，雖然我在小說內容中插入了幾句詩文，但我的熱情是去理解事物，這正是使我成為一名小說家的決定性因素。

**問**：在這禁足之年，讀者是否能將本書提及的「你要成為楓樹，要為了能讓你自己產生蛻變而去旅行」視為建議，好讓我們在日常生活中保有旅人獨有的觀察之眼，並在生活中如玫瑰在京都所體驗的那樣，藉由藝術、詩與「材質」來進行療癒，透過五感的覺察來進入一種冥思狀態，並進而得到救贖？

**答**：小說的創作是在一片黑暗之中，反覆摸索尋找一個總是不斷逃躲迴避的意義，我很留心不去對讀者提出建議！對身為作家、身為讀者的我而言，寫作或閱讀小說便是在內在之海進行無需移動的旅行。玫瑰讓我們看見的是她個人的追尋與執著，也就是拯救人心的美、救贖之詩、遺贈之力量、悲憫、藝術的崇高力量，而這一切只是她所經歷之事，別無其他。但她的這場體驗若能引起他人共鳴的話，我便會感到萬分欣喜。

**問**：日本是臺灣人最喜愛造訪的國家之一，既因為日本的古老文化，也因為日本那近乎極端的現代發展。在您旅居日本的兩年之間，您對這國家現代的一面有何感受？抑或您得以「活在禪風庭園裡」？

**答**：我和日本的現代特質（甚至是極度現代的特質）之間的關係很奇特。最初，我厭惡這現代的一面，於是在寺院的庭園與茶屋裡尋求慰藉。後來，我習慣了日本的現代風景，因為儘管它很醜陋，充斥著電線、水泥、霓虹燈，既缺乏人情味又很俗氣，但它依舊保留了日本古老靈魂的印記：只要走進一間廉價的拉麵店，或是夾在兩棟摩天大樓中間的小小寺院，便能體認這極度高速的「現代發展」並無法完全抹除您所提到的古老文化。我在臺灣時，也有相同的感受。臺灣也是我非常珍視的國家。

國家圖書館出版品預行編目資料

唯一的玫瑰／妙莉葉・芭貝里（Muriel Barbery）著；周桂音譯. -- 初版. -- 臺北市：商周出版：英屬蓋曼群島商家庭傳媒股份有限公司城邦分公司發行, 2021.02
面；　公分. -- (獨.小說；46)
譯自：Une rose seule
ISBN 978-986-477-983-3(平裝)

876.57　　109021832

獨・小說 46
唯一的玫瑰

作者／妙莉葉・芭貝里（Muriel Barbery）
譯者／周桂音
企劃選書／黃靖卉
責任編輯／羅珮芳
版權／黃淑敏、吳亭儀、邱珮芸
行銷業務／周佑潔、黃崇華、張媖茜
總編輯／黃靖卉
總經理／彭之琬
事業群總經理／黃淑貞
發行人／何飛鵬
法律顧問／元禾法律事務所 王子文律師
出版／商周出版
台北市104民生東路二段141號9樓
電話：(02) 25007008　傳真：(02)25007759
E-mail:bwp.service@cite.com.tw
發行／英屬蓋曼群島商家庭傳媒股份有限公司城邦分公司
台北市中山區民生東路二段141號2樓
書虫客服服務專線：02-25007718、02-25007719
24小時傳真服務：02-25001990、02-25001991
服務時間：週一至週五上午09:30-12:00；下午13:30-17:00
劃撥帳號：19863813；戶名：書虫股份有限公司
讀者服務信箱E-mail：service@readingclub.com.tw
城邦讀書花園：www.cite.com.tw
香港發行所／城邦（香港）出版集團有限公司
香港灣仔駱克道193號東超商業中心1F；E-mail：hkcite@biznetvigator.com
電話：(852)25086231　傳真：(852)25789337
馬新發行所／城邦（馬新）出版集團【Cite (M) Sdn Bhd】
41, Jalan Radin Anum, Bandar Baru Sri Petaling,
57000 Kuala Lumpur, Malaysia.
電話：(603) 90578822 傳真：(603) 90576622
Email: cite@cite.com.my

封面設計／朱疋
內頁排版／陳健美
印刷／韋懋印刷事業有限公司
經銷／聯合發行股份有限公司
地址：新北市231新店區寶橋路235巷6弄6號2樓
電話：(02)2917-8022　傳真：(02)2911-0053

■2021年3月2初版
定價320元

Printed in Taiwan

城邦讀書花園
www.cite.com.tw
 ISBN 978-986-477-983-3

Original Title: Une rose seule by Muriel Barbery
Original Publisher © ACTES SUD, 2020

| | | | |
|---|---|---|---|
| 廣 | 告 | 回 | 函 |
| 北區郵政管理登記證 | | | |
| 北臺字第000791號 | | | |
| 郵資已付，免貼郵票 | | | |

104　台北市民生東路二段141號2樓

英屬蓋曼群島商家庭傳媒股份有限公司城邦分公司　收

請沿虛線對摺，謝謝！

| | | |
|---|---|---|
| 書號：BUC046 | 書名：唯一的玫瑰 | 編碼： |

請於此處用膠水黏貼

商周出版

# 讀者回函卡

感謝您購買我們出版的書籍！請費心填寫此回函卡，我們將不定期寄上城邦集團最新的出版訊息。

不定期好禮相贈！
立即加入：商周出版
Facebook 粉絲團

姓名：＿＿＿＿＿＿＿＿＿＿＿＿＿＿＿＿＿＿＿＿　性別：☐男　☐女

生日：西元＿＿＿＿＿＿年＿＿＿＿＿＿月＿＿＿＿＿＿日

地址：＿＿＿＿＿＿＿＿＿＿＿＿＿＿＿＿＿＿＿＿＿＿＿＿＿＿

聯絡電話：＿＿＿＿＿＿＿＿＿＿＿＿　傳真：＿＿＿＿＿＿＿＿＿＿

E-mail ：

學歷：☐ 1. 小學 ☐ 2. 國中 ☐ 3. 高中 ☐ 4. 大學 ☐ 5. 研究所以上

職業：☐ 1. 學生 ☐ 2. 軍公教 ☐ 3. 服務 ☐ 4. 金融 ☐ 5. 製造 ☐ 6. 資訊
☐ 7. 傳播 ☐ 8. 自由業 ☐ 9. 農漁牧 ☐ 10. 家管 ☐ 11. 退休
☐ 12. 其他＿＿＿＿＿＿＿＿＿＿＿＿＿＿＿＿＿＿

您從何種方式得知本書消息？

☐ 1. 書店 ☐ 2. 網路 ☐ 3. 報紙 ☐ 4. 雜誌 ☐ 5. 廣播 ☐ 6. 電視
☐ 7. 親友推薦 ☐ 8. 其他＿＿＿＿＿＿＿＿＿＿＿＿

您通常以何種方式購書？

☐ 1. 書店 ☐ 2. 網路 ☐ 3. 傳真訂購 ☐ 4. 郵局劃撥 ☐ 5. 其他＿＿＿＿

您喜歡閱讀那些類別的書籍？

☐ 1. 財經商業 ☐ 2. 自然科學 ☐ 3. 歷史 ☐ 4. 法律 ☐ 5. 文學
☐ 6. 休閒旅遊 ☐ 7. 小說 ☐ 8. 人物傳記 ☐ 9. 生活、勵志 ☐ 10. 其他

對我們的建議：＿＿＿＿＿＿＿＿＿＿＿＿＿＿＿＿＿＿＿＿＿＿＿＿

＿＿＿＿＿＿＿＿＿＿＿＿＿＿＿＿＿＿＿＿＿＿＿＿＿＿＿＿＿＿

＿＿＿＿＿＿＿＿＿＿＿＿＿＿＿＿＿＿＿＿＿＿＿＿＿＿＿＿＿＿



請於此處用膠水黏貼